청장님, 요즘도 데모하십니까

행동하는 구청장의 가슴으로 쓴 세상 이야기

청장님, 요즘도 데모하십니까

유 영 지음

도서출판 푸른숲

새로운 시작을 위하여

　새삼스레 눈을 들어 우장산 위로 끝없이 펼쳐지는 가을 하늘을 바라본다. 눈이 시리도록 푸른 빛 사이로 비행기 한 대가 떠오르고 있다. 아름답다. 문득 세상 사는 모든 일들이 아름답다는 생각이 든다. 돌아보면 강서구의 초대 민선구청장으로서 지난 2년여, 하루 24시간을 부족해 하면서 뛰어다닐 수 있었던 것도 세상살이의 아름다움을 느낄 수 있었기 때문이 아닌가 싶다. 정겨운 이웃들과 함께 하면서 더불어 웃고, 울고, 땀 흘리면서 얽어낸 하나하나의 기억들이 내게는 모두가 아름다운 세상살이였다.

　나름대로 보람도 있었고, 또 그만큼의 후회도 있었다. 다만 보람은 마음에 접어두고 후회는 두고두고 생각하리라 마음먹었다. 그래야 좀더 아름다운 세상살이의 모습들을 접할 수 있으리라 믿었기 때문이다.

　누군가 우리들의 삶에는 왕복 차표를 팔지 않는다고 했

다. 한번 지나간 시간들은 되돌릴 수 없다는 이야기겠거니 싶다. 물론 지난 2년여의 시간들도 다시는 되돌릴 수 없는 경험들일 뿐이다. 털어버리고 싶은 일들도, 소중하게 간직하고픈 일들도 이제는 되돌릴 수 없는 기억 속의 시간으로 자리잡고 있는 것이다.

그렇지만 그 기억의 시간들을 돌아보는 것은 가능하리라 싶다. 기왕이면 좋은 기억들만을 더듬어보면 좋겠지만, 꼭 그렇게만은 하고 싶지 않다. 아직도 우리의 지방자치가 제대로 뿌리내리지 못하고 있는 상황에서, 내가 지금 서 있는 자리는 결코 종착역일 수 없기 때문이다. 다만 이제 간신히 첫걸음을 내딛고 있는 출발의 자리일 뿐이라고 나는 생각하고 있다.

그러기에 목표를 정하고 나아가는 길에 의미 있을 이야기들만을 모아보았다. 이 이야기들을 통해서 함께 고민해보고, 더불어 대안을 생각해보는 기회가 마련된다면 나로서는 그 이상 보람 있는 일도 없을 터이다.

생각해보면 정치를 시작하면서부터 단 하루의 가감도 없이 10년을 오로지 강서구의 주민들과 더불어 지내왔다. 그리고 그 10년 동안, 제대로 된 민주주의와 건전한 지방자치를 이루어야 한다는 모든 소망의 생각들을 강서구민 여러분과 함께 나누어왔다.

이 책에 실린 내용들은 우리 모두가 함께한 시간들, 더불어 나누던 이야기들이다. 나는 그저 그것들을 한데 모아 정리만 했을 뿐이다. 그렇기에 누구보다도 우리 강서구민 여러분께 감사의 마음을 전하지 않을 수 없다. 또 한편으로는 제대로 정리가 되었는지 두렵고 송구스럽기도 하다. 모쪼록 넓은 아량으로 부족한 점들을 이해해주실 것이라는 믿음도 아울러 갖고 있다.

강서구청 공무원 여러분들께도 감사의 말씀을 드리고 싶다. 열악한 여건에도 불구하고 헌신적으로 봉사해온 공무원 여러분의 노고가 없었더라면 민선구청장으로서 지난 2년여의 기간은 오로지 후회와 좌절의 시간이었을 것이다. 항상 새로운 시작의 열의를 다지고 보람을 느낄 수 있었던 것은 이분들과 함께 일할 수 있었던 덕분임을 항상 마음에 새기고 있다.

　이 책이 나오기까지 신경을 써주신 분들께도 이 자리를 빌려 감사의 말씀을 전하고 싶다. 먼저 이 책의 출판을 기꺼이 결정하고, 세세한 부분에까지 신경을 써주신 도서출판 푸른숲의 김혜경 사장님과 김학원 편집주간님께 감사의 말씀을 전하고 싶다. 이분들의 탁월한 식견과 전문적 소양이 없었으면 책으로서의 모양새마저도 갖추어지지 못했을 것이다.

강서구청의 정책보좌관을 역임한 이성한 박사에게는 남다른 감사의 마음을 전해야겠다. 글을 쓰기까지 자료를 수집하는 과정에서 모든 일을 전적으로 도맡아 해주었을 뿐 아니라, 글의 주제며 순서를 정하는 일에도 동참해주었다. 그러나 무엇보다도 고마운 것은 함께 나누었던 토론의 시간들이다. 그 활기찬 토론의 시간이 없었더라면 아마도 이 책은 완성될 수 없었을 것이다.

끝으로 오랫동안 모든 것을 참으며, 모든 것을 믿어주고 있는 아내와 두 아이에게 고마움과 미안함을 전하고 싶다. 가족들만이 나눌 수 있는 그 끝없는 사랑과 신뢰가 없었다면 나는 존재할 수조차 없었을 것이니, 차라리 긴 말이 필요없으리라는 생각이다.

1997. 10.

유영

차   례

1장

권위의 담장을 허물다

백수의 꿈

    문민정부 출범 초기, 김영삼 대통령에 대한 국민적 인기
는 가히 하늘을 찌를 정도였다. 문민정부가 출범하기까지
의 갖은 우여곡절, 이를테면 3당합당에 대한 정당성의 문
제라든가 대선후보의 선출과정, 또는 대선자금과 관련된
문제들이 여전히 미해결 과제로 남아 있음에도 불구하고,
어쨌거나 정부권력의 정통성에 관한 한, 과거의 모든 시
빗거리가 말끔히 해소된 정부를 갖게 된 국민들의 기대는
참으로 남다른 것이었다. 출범 초기 모 여론조사기관의
조사에 따르면 김영삼 정부에 대한 지지도가 90퍼센트대
에 육박하고 있었다고 하니 문민정부의 인기가 어느 정도
였는지는 미루어 짐작할 수 있을 것이다.

    그 당시 각종 언론매체들은 김영삼 대통령의 어린 시절

일화들까지 자세히 소개하면서 문민정부에 대한 애정과 기대를 아낌없이 표현하였다.

그 중 한 가지, 김영삼 대통령의 중학교 시절에 대한 일화는 지금도 내 마음속 깊이 각인되어 있다. 중학교 때부터 김영삼 소년은 장래에 대통령이 되어야겠다는 꿈을 지니고 있었다는 일화, 심지어는 책상머리에 '대통령 김영삼'이라는 격문을 붙여놓고, 늘 그 격문을 바라보며 대통령의 꿈을 키워왔다는 기사 내용은 50년간 품어온 한 소년의 청운의 꿈이 마침내 달성되기까지의 과정을 온갖 미사여구를 총동원하여 묘사하고 있었다. 한마디로 될성부른 나무는 떡잎부터 알아본다는 식의 취지였을 것이다.

물론 기사의 내용이 내게 너무나 감동적이어서 그 일화를 기억하고 있는 것도 아니고, 청운의 꿈을 마침내 이루어낸 김영삼 대통령의 의지와 노력이 너무나도 존경스러워서 그 기사를 기억하고 있는 것도 아니다. 솔직히 말한다면, 누가 이런 식의 허무맹랑한 이야기를 만들어 냈을지 어이가 없어서 기억하고 있을 뿐이다. 소위 권력자의 신화만들기 작업이 너무 빨리 시작되고 있는 것은 아닌가 답답한 마음도 없지 않았다.

나는 당시 이 기사야말로 상당 부분 과장된 내용에 불과할 것이라고 생각하고 있었다. 보다 정확하게 표현하자면 이야깃거리에 굶주린 사람들이나 아부에 이골이 나 있는 사람들이 전적으로 꾸며낸 이야기이기를 바랐다고나 할까?

생각해보면 대통령이 되는 것이 꿈이었던 소년이 50년 간 그 꿈을 소중히 키워 마침내 대통령이 되는 이야기는 전적으로 잘못된, 꾸며낸 이야기여야만 한다. 분명한 것은 대통령이라는 자리는 어떤 일을 하기 위한 수단을 제공하는 자리이지 결코 그 자체가 목적일 수는 없기 때문이다.

이를테면 태어난 나라의 경제를 살리기 위해서라든가, 민주주의의 올바른 정착과 발전을 위해서라든가, 아니면 분단된 나라의 통일을 위해 모든 소망과 능력을 바쳐보겠다는 꿈을 갖고 있었던 소년이 50년 만에 대통령이 되는 이야기는 충분한 감동을 줄지도 모르겠다. 그리고 대통령의 자리에 있으면서 그러한 소망들을 이루기 위하여 최선의 노력을 경주하고 있다면 얼마나 아름다운 모습일까?

무슨 일을 제대로 이루어내기 위한 수단으로 대통령이 되겠다는 것과 대통령이라는 최고권력 자체가 목적인 것은 전혀 다른 이야기일 수밖에 없다. '대통령의 꿈'을 책상머리에 적어놓은 소년과 "광복 조국이라면 그 나라의 문지기가 되어도 좋다."는 백범 김구 선생의 꿈은 질적으로 다를 수밖에 없는 것이다.

만에 하나 그 기사가 꾸며낸 것이 아니라 사실에 바탕을 둔 이야기였다면 우리 국민들은 잘못된 선택을 한 것인지도 모른다. 대통령이 되어 할 일을 제대로 하려는 사람과 대통령이 되었기에 모든 소망을 이룬 사람 중에 정말 필요한 사람이 누구인지는 너무나도 분명한 일이기 때문이다.

50년 대통령의 꿈과 정치백수의 꿈

사실인지 꾸며낸 이야기인지도 모르는 당시의 기사를 4년이 지난 지금 새삼스레 장황하게 펼쳐내는 것은 남다른 이유가 있기 때문이다. 그 기사를 접하던 당시 나는 두 번의 국회의원 선거에서 실패하고 낙담과 허탈감에 빠져 있던 상태였다.

소위 학계 전문가의 정치권 영입 케이스로 정치에 입문한 13대 국회의원 선거에서의 낙선이야 워낙 준비한 시간이 적었기에 담담히 그 결과를 받아들일 수 있었지만, 14대 총선에서의 실패는 개인적으로 상당한 충격이었다. 13대 선거에서의 실패를 거울삼아 4년간 지역구 활동에 최선의 노력을 경주하면서 준비한 14대 선거였기 때문이다.

3당합당으로 인한 공천에서의 탈락과 갖은 우여곡절을 겪으면서도 나는 나름대로의 자신감을 갖고 있었다. 그러나 결과는 3등 낙선이었다. 후보자간에 득표수의 차이가 거의 없던 치열한 각축전이었다 할지라도 어찌 되었든 낙선은 낙선이었던 것이다. 이후 한동안은 정치라는 것이 과연 무엇인가에 대한 회의와 정치인으로서 스스로의 역량에 대한 자괴심에 중심을 잃고 비틀거리던 시절을 겪었다. 말 그대로 정치실업자, 정치백수의 신세였던 것이다.

말이 좋아 지구당 위원장이지 정치에 입문하면서 품었던 소망과 그 동안 학계에서 쌓아왔던 능력을 펼칠 기회의 장이 원천적으로 마련되지 못하고 있는 상황에 대한 좌절감은 당시의 나를 너무도 절박하게 옥죄고 있었다. 바로 그러던 때 대통령이라는 청운의 꿈을 키워왔다는 한 소년의 신화 같은 이야기를 접하게 되었던 것이다.

물론 처음에는 그냥 황당하다는 정도의 느낌만으로 그 기사를 그저 흘려버렸다. 처음에는 그 정도의 생각뿐이었다. 어차피 내가 어이없어하거나 말거나 상관없는 일이었기 때문이다.

그렇지만 얼마간의 시간이 흐른 후, 그 소년의 꿈은 묘하게도 당시의 필자의 꿈, 바로 정치백수의 꿈과 하나도 다를 것이 없다는 생각이 머리를 스치고 지나갔다. 바로 나 자신이 허무맹랑하다고 생각하던 바로 그런 유의 소망을 스스로 꿈꾸고 있었다는 것을 깨닫게 되었던 것이다.

정치에 입문하면서 품었던 소망이 참으로 공공의 이익을 위해서 가진 모든 능력을 다 바쳐 봉사하자는 것이었다면 선거에서의 당락은 사실상 그다지 큰 의미가 있는 일이 아니었던 것이다. 물론 책임 있는 자리를 맡게 된다면 훨씬 큰 성과를 거둘 수 있겠지만, 그렇지 못하다 하더라도 공공에 대한 봉사는 자리를 갖고 하는 것은 아닐 터였다.

그럼에도 불구하고 나 자신은 두 번의 선거에서 낙선한 것만 가지고 좌절하고 허탈해 하고 중심을 잃고 비틀거리고 있지 않았던가? 말 그대로 국회의원이 되는 것만이 유일한 꿈이요 소망이었던 사람처럼 행동한 것이 아니겠는가?

그 사실을 깨닫게 되면서 감당할 수 없는 부끄러움이 밀려왔다. 그리고 그 부끄러움 속에서 중심을 잃고 비틀거리던 나 자신을 추스르고 다시 한 번 공공을 위한 봉사의 자세를 가다듬게 되었던 것이다.

초대 민선구청장의 과제

30년 만에 부활된 지방자치단체장 선거에 출마했을 때, 국회의원 하겠다던 사람이 난데없이 웬 구청장 후보냐는 이야기를 적지 않게 듣곤 하였다. 행정 경험이 전무한 사람이 과연 어떻게 구청의 행정업무를 맡아서 하겠느냐는 우려의 소리도 적지 않았다. 선거란 선거에는 빠지지 않고 얼굴을 내미느냐는 비아냥 섞인 야유도 없었던 것은 아니었다.

그러나 국회의원이 꿈이 아니고 서울시장이 꿈이 아니

고 대통령이 꿈이 아니고, 오직 공공의 이익을 위해 봉사하자는 것이 꿈이었기 때문에 감히 이런 이야기들을 귓전으로 흘릴 수 있었다. 적어도 낙선과 함께 지역구를 떠나는 지역철새가 아니라 우리 지역의 붙박이 일꾼으로 누구보다도 열심히 지역을 위해 봉사해왔고, 봉사할 자신이 있었기에 감히 출사표를 던질 수 있었던 것이다.

고맙게도 지역의 모든 분들이 적극적으로 지지해주신 덕에 강서구의 초대 민선구청장으로 당선되었다. 그리고 이제 구청장 업무를 수행한 지도 만 2년이 넘었다. 군림하는 행정이 아니라 함께 하는 행정, 일방적인 행정이 아니라 참여하는 행정, 정말로 주민이 주인 되는 지방자치제를 이루기 위해 최선의 노력을 다하겠다는 약속이 얼마나 제대로 이행되고 있는지 아직은 판단할 시점이 아닌지도 모르겠다. 또 내 스스로 그것을 평가하고 판단할 위치에 있지도 않다. 다만 결코 포기할 수 없는 소망의 꿈을 지니고 열심히 노력할 뿐이다.

민선구청장이 되는 것이 꿈이 아니라 풀뿌리 민주주의의 초석이라는 지방자치제의 정착을 위해 뭔가 해보자는 다짐이 있었기에 할 일은 아직도 너무나 많이 산적해 있다. 강서구의 행정 일반을 책임지는 위치에서 어떻게 하면 주민의 편에 선 행정을 펼칠 수 있을까를 끊임없이 고민하고 있다. 하기야 지난 30년간의 중앙집권적 관행과

제도를 하루 아침에 바꿀 수는 없을 것이다. 그러기에 초
대 민선구청장에게 주어진 과제는 훨씬 더 막중할 수밖에
없음을 실감하고 있다.

취임 초기, 나는 구청의 공무원들에게 소위 지방행정의
말단기관으로 간주되는 구청 근무가 아니라 지방자치의
최고 중심기관이자, 행정의 최일선 기관에 근무한다는 자
부심을 가져줄 것을 당부한 바 있다. 스스로의 역할도 과
거의 임명직 구청장이 해오던 일이 아니라 주민을 대신한
행정감시자의 역할, 주민 참여의 제도적 통로를 확보하는
일꾼으로서의 역할, 규제와 지시 일변도의 관료제적 행정
을 주민 편에 서서 새로운 방향을 제시하고 이를 실천하
는 조타수의 역할을 수행할 것임을 강조하였다.

그러다 보니 과거 임명직 구청장과는 전혀 다른 스타일
의 구청장으로 여러 사람 입에 오르내리기도 하였다. 그
러나 중앙집권시대의 임명직 구청장이 구 행정의 책임자
였다면 민선구청장은 구 행정의 책임뿐 아니라 주민을 대
신하는 구 행정의 감시자요 조타수라는 생각에는 변함이
없다. 당연히 업무 스타일이 달라질 수밖에 없는 것이다.

겨울에 입는 두꺼운 외투를 한여름에도 버젓이 입고 다
니는 사람을 보면서 정말 소신 있는 행동이라고 평가해줄
사람이 누가 있겠는가? 중앙집권시대의 고질화된 관료제
적 행정관행이 지방자치시대에도 계속 유지된다면 한여름

에 겨울 외투를 입고 다니는 것과 마찬가지일 것이다. 따뜻한 봄이 오면 겨울 외투를 벗고 새 봄을 준비하는 작업, 그것이 강서구 초대 민선구청장인 내게 주어진 가장 커다란 과제라고 생각하고 있다.

강서구의 초대 민선구청장으로서 때로는 보람도 느끼고, 때로는 답답함과 아쉬움도 느끼면서 지난 2년을 뛰어다녔다. 자랑할 만한 일도 있고 부끄러운 일도 물론 있다. 그렇지만 횟수로 따지자면 보람보다는 아쉬움을, 뿌듯함보다는 답답함을 느끼는 경우가 더 많았으리라.

이제 이 경험들을 여러분과 나누고자 한다. 가능하면 아쉬운 일, 답답한 일, 그리고 부끄러운 일들을 나누고 싶다. 아직도 제대로 정착되지 못하고 있는 우리의 지방자치제도를 온전히 뿌리내리게 하기 위해서는 잘 되고 있는 일들보다는 안 되는 일, 잘못된 일들에 대한 충정어린 비판과 대안 마련이 보다 더 절실하다는 믿음이 있기 때문이다. 함께 고민하다 보면 훨씬 더 좋은 대안들이 마련될 수 있으리라는 기대도 아울러 갖고 있다. 결국 제대로 된 지방자치는 주인의식을 갖는 우리들 모두의 힘을 함께 모을 때만이 가능한 것이기 때문이다.

비상구가 없다

'천리 길도 한 걸음부터'라는 말이 있는가 하면 '시작이 반'이라는 말도 있다. 써먹기에 따라서는 전혀 다른 상황과 경우에 적용될 수 있는 속담이겠지만, 함께 묶어 생각해본다면 결국엔 한 가지 교훈을 일러주고 있는 것이 아닌가 하는 생각이 든다. 천리 먼 길의 첫걸음이 바로 반을 가는 것이라고 하니, 처음으로 떼어놓는 걸음의 방향이 제대로 잡혀져 있는 것인지, 또 얼마나 건실하게 시작했는지가 중요하다는 뜻일 테니 말이다.

언젠가 강서구 출입기자들과의 간담회 자리에서 구청장 취임 후 가장 먼저 착수한 사업이 무엇이냐는 질문을 받은 적이 있었다. 굳이 첫 사업에 의미를 두고 있는 것을 보면 민선자치시대의 첫걸음의 방향을 어디로 잡았는가에

대한 질문이었을 것이다. 또 그것을 통해 강서구 자치행
정의 향후 모습을 점쳐보겠다는 의도도 담겨져 있었을 터
였다.

그날 질문을 던진 기자는 아마도 거창한 공약사업이나
웅대한 포부 같은 것을 기대했는지도 모르겠다. 하지만
강서구청장으로서 내가 가장 먼저 추진한 일은 구청장실
로 통하는 비상구를 폐쇄하는 일이었다. 민선자치시대의
첫걸음을 고작 구청장실의 비상구를 없애는 걸로 시작했
다니 어이가 없는지 모두들 묘한 웃음을 감추지 않았던
기억이 새롭다.

왜 비상구를 폐쇄하였나

구청장실의 비상구를 폐쇄해야겠다는 것은 사실 구청장
취임 이전부터 결심하고 있었던 일이다. 그리고 기왕에
자치행정의 첫걸음이 갖는 의미를 생각해본다면 실질적으
로나 상징적으로 그보다 큰 의미를 부여해줄 수 있는 일
도 별로 없을 것이라는 생각이 들었던 것이다.

물론 비상시에 사용하기 위해 존재하는 비상구를 없애
는 일에 도대체 무슨 상징적인 의미까지 부여해야 하는지
궁금하신 분도 적지 않을 것이다. 기자 간담회에서 구청
장 취임 후 첫 사업이 구청장실의 비상구를 폐쇄한 것이
라는 대답에 실소를 금치 못하던 기자들도 같은 생각이었

을 것이다.

군이 부연설명을 붙이지 않는다 하더라도 비상구란 비상시에 사용하기 위해 있는 것이다. 그러기에 비상구를 사용하는 기회는 적으면 적을수록, 아니 아예 사용할 일이 전혀 없는 것만큼 좋을 일도 없을 것이다. 극단적으로 비상구란 사실 사용하지 않기 위해 존재한다고 해도 과언이 아닐 것이다. 그럼에도 불구하고 비상구를 빈번히 사용할 수밖에 없다면 비상사태를 사전에 제대로 예방하지 못하였거나, 비상사태를 잘못 적용하였거나 둘 중의 하나일 수밖에 없다.

그러나 구청 건물에 화재가 발생하는 것과 같은 특별한 경우를 제외하곤 구청장이 긴급 대피할 상황은 거의 발생하지 않을 것이라고 나는 믿고 있다. 문제는 결코 구청장이 비상구를 사용해서 긴급 대피할 상황이 아님에도 불구하고 비상사태를 잘못 적용하는 경우에 있는 것이다.

시도 때도 없이 찾아오는 민원인들이 귀찮아서 비상구를 통해 피해다니지는 않았던가? 집단민원이 발생해서 구청 복도를 민원인들이 점거하고 있을 때, 행여 이것을 구청장이 비상구를 통해서 긴급 대피해야 하는 비상사태로 잘못 적용해오지는 않았던가? 구청장 면담을 요구하는 구민들을 선별해서, 만날 필요가 있는 사람들은 만나고, 만나봐야 별 득이 없을 사람은 피하기 위해서 비상시에만 사용해야 될 비상구를 회피의 통로로 사용해오지는 않았는가? 어차피 임명제 구청장이니 상부기관의 지시나 받을 뿐, 구민들과의 만남은 아예 생각조차 할 필요가 없었기에 이 비상구라는 수단을 유효적절하게(?) 활용해왔던 것은 아닐까?

민선자치시대의 첫걸음을 구청장실 비상구를 폐쇄하면서 시작한 것은 강서구의 민선구청장은 모든 문제를 구민과 함께 고민하고 함께 결정해나가겠다는 것을 대내외적으로 천명하는 상징성에 가장 커다란 의미를 부여하고 있었기 때문이다. 물론 우리 강서구민들 가운데 대부분은 강서구청장실에 비상구가 따로 있었는지 없었는지조차도 모르고 계실 것이므로 새삼스레 폐쇄된 비상구에 관심을 두실 분은 거의 없으셨을 것이다.

그러나 비상구를 폐쇄하겠다는 민선구청장의 결정에 대해서 구청직원들은 적지 않은 우려와 관심을 나타냈다. 심지어는 어차피 구청장의 권한으로 해결될 성질이 아닌 민원들은 구청장 면담을 요구하거나 말거나 일단은 피하고 보는 게 상책이라며 충고 아닌 충고(?)를 해주는 직원도 있었다.

집단민원을 대하다 보면 듣기 거북한 욕설을 온몸으로 받아내야 하는 정도가 아니라 멱살잡이를 당하는 경우도 적지 않으니 그런 때를 대비해서라도 비상구는 남겨놓아야 하지 않겠냐는 건의도 받았다.

그러나 그런 우려들이 있었기에 구청장실의 비상구 폐쇄는 더더욱 상징적인 의미가 클 수밖에 없었다. 민선구청장 취임과 함께 비상구를 폐쇄함으로써 행정편의적 사고에만 찌들어 주민들의 소리를 듣지 않으려는 잘못된 관행에 쐐기를 박는 계기가 마련되어야만 했기 때문이다.

주민참여의 지방자치를 위하여

천리 길도 한 걸음부터이며 그 첫걸음을 통해서 갈 방향을 정하는 것이라면, 강서구 지방자치의 첫걸음은 구청장실의 비상구를 폐쇄하여 주민과의 의사소통의 통로를 개방하는 것으로 시작한 것이다. 나는 비상구 폐쇄를 통해서 민선자치시대 1기의 강서구 지방자치는 주민참여의 행정, 말 그대로의 주민자치가 이루어지는 건전한 토대를 만들어보겠다고 스스로 다짐했던 것이다.

그리고 이런 다짐을 실천에 옮기고자 나름대로의 노력을 게을리하지 않았다. 매주 금요일은 아예 시간을 정해서 구민과의 만남의 시간을 운영하고, 구청 담장을 허물어 앞마당을 구민에게 전면 개방하고, 구정 모니터링 제도를 도입하고, 청장실 직통의 민원전화를 개설하고, 컴퓨터통신망에 민원접수방을 만들고, 옴부즈맨 제도를 도입하는 일련의 모든 일들의 목적은 단 하나, 주민이 직접

참여하는 주민자치의 장을 확대하겠다는 것이었다.

단체장 선거운동 기간 내내 매주 금요일은 구민과의 만남의 시간이 될 것이라고 목이 쉬어라 외치고 다녀서인지 개인적인 민원은 주로 금요일에 접하게 된다. 그러나 집단민원의 경우에는 특정한 날이 따로 없이 발생하는 편이다. 특히 취임 초기에는 거의 매일 집단민원인들을 면담해야 했다. 때로는 집단민원의 현장을 방문해서 민원의 내용을 청취하기도 하고, 때로는 피켓에 플래카드까지 들고 구청을 찾는 민원인들과 하루 종일 머리를 맞대고 함께 해결책을 모색하기도 하였다.

인근 공사장의 소음대책을 마련하라는 민원, 지하철 역사의 입구를 다시 내달라는 민원, 왜 야시장을 단속하냐는 막무가내인 민원, 유적지 보호를 위해 버스 차고지 건설을 반대하는 민원, 심지어는 아파트 관리사무소의 관리비 인상을 철회해달라는 민원에 이르기까지, 민원의 내용도 다양할 뿐만 아니라 주장하는 방식도 극에서 극이었다.

자체적으로 대표자를 선발해서 면담을 한 경우도 있었고, 청장실 복도를 점거하고 연좌농성을 하는 경우도 있었으며, 듣기 민망할 정도의 욕설을 퍼부으며 그야말로 너 죽고 나 죽자는 식으로 멱살부터 잡는 경우도 있었다. 심지어는 민원이 해결될 때까지는 한 발짝도 움직이지 않겠다는 협박도 받아보았다.

집단민원의 실력행사로 한바탕 구청이 시끌벅적해지면 때로는 비상구를 다시 사용할 필요가 있지 않겠느냐는 직원들의 건의를 받기도 한다. 그러나 민원의 성격이 어떤 것이든 나는 결코 나를 뽑아준 주민들로부터 도망치듯 몸을 숨길 생각이 없다. 일단 피하고 보자는 식으로는 어떤 경우에도 행정에 대한 주민들의 만족도를 제고시킬 수 없는 것이다. 특히나 주민이 직접 참여하는 자치행정의 건전한 토대를 만들어내기 위해서는 과도기적 상황을 정면으로 극복해나가려는 의지가 필요하다고 나는 생각한다.

어차피 주민자치의 경험이 일천한 가운데 출발한 지방자치제도이기 때문에 성숙한 지방자치의 환경을 마련해나가는 일은 멀고도 먼 천리 길임에 분명하다. 이제 그 머나먼 길을 향한 첫걸음을 떼었기에 시작이 반이라는 긍정적인 자세로 나아갈 뿐이다. 그렇기에 우리 강서구청의 청장실에는 어찌 되었든 비상구는 더 이상 필요하지 않은 것이다.

여기 구청 맞습니까?

기왕에 구청장실의 비상구를 없앤 이야기가 나왔으니 우리 구청의 담벼락을 허문 이야기도 함께 해보는 것이 순서일 듯싶다. 사실 비상구를 폐쇄하는 것은 일 자체로서는 그리 힘든 것이 아니었다. 민선구청장으로서의 업무의 출발을 그것으로부터 시작하겠다고 마음먹었을 정도로 나름대로는 중요한 의미를 갖는 것이었지만, 별도의 예산이 투입될 필요 없이 의지만으로도 가능한 일이었으니 말이다.

그러나 볼썽사나운 육중한 철문과 담벼락, 그리고 정문의 수위실을 철거하는 사업은 막상 마음은 있었으되 일이 착수되기까지는 적지 않은 시간을 기다려야만 했다. 사업예산을 확보하기 위한 준비과정이야 그렇다 치고, 청사

관리상의 문제며 보안문제 등을 이유로 반대하는 공무원들과, 시급한 사업도 아닌데 불필요한 예산낭비가 아니냐는 구의회를 설득시키는 일이 생각만큼 쉽지 않았기 때문이었다. 자치행정을 하라고 뽑아주었더니 한건주의식의 전시행정이나 생각하고 있다는 비난에 가까운 이야기를 들으면서는 안타까운 마음도 적지 않았다.

담장을 허물며 신뢰를 쌓고

나는 민선구청장으로 당선되기 전부터도 구청의 담벼락과 철문, 그리고 수위실을 보면서 주민을 위한다기보다는 주민 위에 군림하겠다는 행정관청의 권위적이고 고압적인 자세가 바로 저런 것에서 나타나는 것이라고 생각해왔다. 사실 백번을 양보해서 생각해보아도 행정관청을 에워싸는 담벼락이며 빗장 지른 철문은 마치 주민의 접근을 가로막는 경계선과 같은 느낌이 든다. 특히 입구에 떡하니 버티고 있는 수위실을 보고 있으면 경계선에 선 감시초소와 같다는 불쾌감을 떨쳐버릴 수가 없었다.

지방자치의 중심역할을 수행하여야 하는 구청 건물이라면 그 어느 곳보다도 쾌적한 분위기여야 한다. 그래야만 주민들이 즐거운 마음으로 찾아오고, 편안한 마음으로 일을 볼 수 있기 때문이다. 그런데 이런 곳에 주민의 접근을 막는 육중한 철문과 굳건한 담장, 그것도 모자라 드나

드는 주민을 통제하는 수위실이라는 이름의 감시초소까지 설치되어 있어야 하는 이유를 나로서는 도저히 납득할 수 없었다.

제대로 된 주민자치를 하겠다면 이런 권위적이고 고압적인 시설보다는 차라리 주민들이 모이고 자신의 주장을 펼칠 수 있는 광장을 마련해놓는 것이 옳은 일이다. 구청을 찾아오는 주민들을 감시하고 통제해야 한다는 발상부터 고치지 않고 어떻게 감히 주민을 주인으로 모시는 서비스 행정을 펼치겠다고 할 수 있겠는가.

주민에 대한 신뢰가 있을 때 구청의 담장이나 수위실이 존재할 필요가 없는 것이며, 자신들을 위해 봉사하는 공무원들에 대한 애정이 있을 때, 그 동안 앙금처럼 쌓여온 마음의 벽이 허물어질 수 있는 것이다.

과거의 중앙집권제하에서는 최일선의 종합행정기관이라는 구청도 주민들에게는 닫힌 공간에 불과했다. 그러나 지방자치의 중심기관이 되어야 할 자치구청은 이제 언제나 모두에게 열려 있는 공간이어야 하는 것이다. 구청의 담장을 허무는 것은 서로간의 신뢰와 애정을 쌓아올려 강서구청을 열린 공간으로 만들기 위한 출발점으로서의 의미를 갖는 것이었다.

더구나 구 재산의 실질적 활용이라는 측면에서도 담장을 허물 충분한 이유가 있었다. 담장과 수위실로 인해

370여 평 정도의 청사부지가 그냥 방치되고 있는 상황이었기 때문이다. 주변의 땅값을 기준으로 대략 따져보아도 이 정도의 부지라면 적어도 37억 원 이상의 가치를 갖고 있는 것으로 평가되었다. 이런 땅이 구청 간부들 몇몇을 위한 주차장 정도로만 사용되고 있었던 것이다. 어차피 담장이야 있는 것이고, 그 내부공간이라고 해야 별달리 사용할 일도 없으니 간부들 승용차나 세워놓자는 식이었던 것이다.

37억 원이 아니라 단돈 370원이라 하더라도 구민의 세금으로 조성된 재산을 이런 식으로 관리할 수는 없는 일이었다. 승용차 몇 대 세우고 마는 것보다는 훨씬 더 유용한 쓰임새를 얼마든지 찾아낼 수 있음에도 불구하고 이를 외면하는 것은 민선구청장에게 주어진 책무를 다하지 못하고 있는 것이다. 이런 문제의식 속에 내린 결론이 담장과 수위실을 허물고 그 자리에 구민을 위한 소공원을 조성하자는 것이었다.

생각해보면 담장이 쳐져 있었기에 구청의 앞마당으로 간주되어오던 땅이지 그 담장을 헐어낼 수만 있다면 광장이라는 이름을 붙여도 손색이 없을 정도의 충분한 공간이 확보될 수 있을 곳이었다. 또 그렇게 함으로써 구청 간부들 몇몇의 전용주차장으로만 사용하던 땅이 구민 전체를 위한 휴식과 만남의 공간으로 활용될 수 있을 터였다. 때로는 이곳에 모여 자신의 주장을 펼칠 수 있는 토론의 장소, 시위의 현장으로 삼아도 무방하고 말이다.

덧붙여 구청 앞에 아늑한 분위기의 소공원을 조성할 수 있다면 권위적이고 딱딱하게만 느껴지던 구청의 모습을 일신할 수 있는 일석이조의 효과를 거둘 수 있는 것이었다. 물론 여기에는 적지 않은 예산이 필요했다. 그러나 담장과 수위실을 철거하는 비용을 문제삼기보다는 37억 원 상당의 구 재산이 방만하게 관리되고 있다는 것을 문제삼는 것이 보다 합리적이고 적극적인 자세라고 나는 확신하고 있었다.

휴식과 문화, 지방자치의 광장

지방자치시대에는 결코 어울릴 수 없는 구청 담장과 수위실, 더구나 그것 때문에 구민의 피땀 흘린 노력으로 마련된 구 재산이 방치되고 있는 것만으로도 이를 철거하는 것은 너무나도 당연한 일이었다. 한건주의식의 전시행정이라기보다는 구민의 재산을 제대로 관리하고 올바로 활용해야 하는 민선구청장으로서 당연한 결정이었던 것이다.

처음에는 반대의 소리도 적지 않았으나, 확신을 갖고 설득하는 와중에 모두들 그 취지에 공감하게 되었다. 결국 1억 7천만 원 정도의 예산을 들여 구청의 담장과 수위실을 허물고 그 자리에 아담한 소공원을 조성할 수 있었다. 육중한 담장과 볼썽사나운 수위실 대신 자그마한 분수대와 산뜻한 색깔의 벤치가 구청을 방문하는 주민들을 환영하게 된 것이다.

걱정하던 청사관리상의 문제나 보안문제는 아예 발생하지 않고 있다. 어차피 야간 종합상황실이 운영되는 구청이라 상황실 요원들이 밤새 상주하고 있을 뿐 아니라 청사 건물에는 애초에 보안 시스템이 설치되어 있었기 때문이다. 물론 이따금씩 취객들이 소란을 피우기도 하고 어쩌다 토사의 잔해(?)가 남아 있는 경우도 있다. 그러나 어차피 담장이 둘러쳐져 있었다 해서 그런 일이 없었을까를 생각해보면 특별히 문제삼을 만한 일은 아니다.

대신에 여름철이면 분수대 주변에서 물장난을 치는 개구쟁이들의 즐거운 함성이 들리고, 점심시간에는 주변의 직장인들이 휴식을 즐기곤 한다. 부담없는 만남의 장소인 것은 물론이고 저녁 어스름이면 연인들의 데이트 장소로도 곧잘 활용되고 있는 모양이다.

산책을 나온 가족들이 즐겨 쉬어가는 공간이기에 대형 텔레비전을 설치해놓고 운동경기나 온 가족이 함께 볼 수 있는 영화를 틀어놓기도 한다. 그림전시회나 사진전이 열리기도 하고, 거리의 악사들이 연주를 하기도 하며, 풍물패의 공연이 벌어지기도 한다. 때로는 집단민원인들이 찾아와 민원을 전달하거나 시위를 하는 장소가 되기도 한다. 승용차 몇 대 세워놓고 말던 땅이 말 그대로 구민의 쉼터가 되고, 지방자치의 광장으로 변하고 있다.

군림하는 구청에서 열려 있는 주민의 공간으로

결과는 기대한 것 이상이었다. 그 무엇보다도 보람 있었던 것은 소공원이 있기에 구청의 분위기가 아늑하고 편안하게 바뀐 것 같다는 이야기를 듣게 된 것이다. 물론 소공원 조성만으로 구청의 분위기가 변한 것은 아니다. 어차피 담장을 허무는 사업의 취지가 주민들이 즐거운 마음으로 찾고 편안하게 일을 볼 수 있는 분위기를 만들자는 것에 있었기에 과거의 우중충하고 딱딱한 분위기의 민원실을 개조하는 사업도 아울러 병행하였던 것이다.

공무원의 얼굴도 제대로 볼 수 없을 정도로 높았던 민원대를 철거하고 대신 편하게 사용할 수 있는 낮은 민원대를 설치하였으며, 대기실의 의자들도 딱딱한 나무의자에서 푹신한 소파로 모두 바꾸었다. 구호와 지시, 또는 경고의 내용으로 가득 차 있던 벽면의 게시판을 떼어내고 그 자리에는 보기만 해도 가슴이 푸근해지는 그림들을 걸어놓았다.

어둡던 조명도 바꾸고, 누구나 쉽게 구청을 이용할 수 있도록 설치된 안내 데스크에는 민원도우미들이 상주하여 방문객을 돕고 있다. 20년이나 된 낡은 구청사이지만 약간의 예산만으로도 새로 지은 그 어느 행정관청보다도 아늑하고 편안한 분위기를 갖게 된 것이다.

소공원이 조성되고 민원실의 분위기가 바뀌면서 구청을 찾는 주민들도 보다 편리하게, 또 즐거운 마음으로 볼일을 보고 가신다. 때로는 "여기가 정말 구청 맞습니까?" 하고 물어보시는 분도 계시다고 한다. 구청에 볼일이 있어 찾아오신 분이니 설마 정말 구청인지 몰라서 하신 말씀은 아니셨을 것이다. 아마도 너무나 달라진 분위기를 느끼면서 이제 정말로 주인으로서의 대접을 제대로 받고 있다는 뿌듯한 생각에서 하신 격려의 말일 것이라고 나는 생각한다.

구청은 분명 구청이다. 그러나 과거의 군림하는 구청, 닫힌 공간이 아니라 봉사하는 자치구청, 언제나 열려 있는 바로 주민들의 공간인 것이다.

구청장 자질론

　10년간의 유학생활을 마치고 귀국해서 산업연구원의 선임연구위원으로 봉직하고 있을 때, 소위 학계 전문가 영입 케이스로 국회의원 후보공천을 받게 되었다. 당시만 해도 국제정치경제학을 전공한 연구자가 국내에 몇 안 되던 터라 이러한 전문성이 고려되었던 듯하다. 출마 제의를 받고 솔직히 상당한 갈등과 마음의 주저가 있었다.

　학자의 길을 걷겠다고 나름대로 구상해왔던 인생설계를 하루 아침에 바꾼다는 것 자체가 썩 마음에 내키지 않았던 것이 가장 큰 이유였고, 당시만 해도 생소한 강서구라는 지역에 공천을 받아 선거를 치르는 것 자체가 무리한 것이 아닐까 하는 생각도 솔직히 없는 것은 아니었다. 가족들의 반대도 쉽게 결심을 내리지 못하게 하던 이유 중

하나였다.

갓 40줄에 들어선 나는 당시 나름대로 왕성한 연구활동을 펼치고 있던 때였고, 또 그것을 통해서 나름대로 이 사회에 충분한 기여를 할 수 있을 것이라는 믿음을 갖고 있었다. 이러저러한 생각과 고민 끝에 결국 선거에 임하기로 결심하게 된 가장 커다란 동기는 당시 국제사회의 최대 현안이었던 우루과이라운드 협상과정에 주체적으로 나의 역량을 발휘해보고자 하는 의지가 있었기 때문이다.

전공연구자의 입장에서 관련 논문도 발표하고, 대책회의에도 참여하기는 했지만, 아무래도 정책결정 과정에 주도적으로 참여할 수 있는 위치는 아니었기에 미진한 아쉬움을 갖고 있던 터였다. 국회의원이 된다면 이러한 미진함을 떨칠 수 있는 기회가 오지 않을까 하는 생각이 있었던 것이다.

그러나 결과는 보기좋게 낙선이었다. 준비기간이 워낙 짧았던 탓도 있었고, 국회의원은 지역의 일꾼이라기보다는 국가의 일꾼이어야 한다는 신념에서 마련한 선거공약들이 유권자들에게 제대로 어필하지 못했다는 생각을 지금도 하고 있다.

30년 만에 부활된 지방자치단체장 선거에서도 나에 대한 평가는 국회의원 선거에서 두 번 낙선한 정치인으로보다는 학계 전문가로 분류되곤 했다. 다만 스스로는 오랜 기간 국제정치경제학을 전공하고 만 8년간을 강서구 지역학을 복수전공한 전문가로 자리매김하고 있었던 것이다. 나라 전체의 일을 하는 국회의원이 아니라 강서구의 지방자치를 하자는 지역의 일꾼으로 나선 자리이기에 8년 간의 철저한 강서구 연구를 통해 준비한 지역살림 공약들을 강서구 주민들에게 제시했다. 결과적으로 서울지역 최고의 득표율로 당선되어 지금 현재 초대 민선구청장으로서 맡은 바 직무를 수행하고 있다.

자치업무를 수행하는 과정에서 학자로서, 또 정치인으로서 다져온 경력이 도움이 되기도 하고, 때로는 행정경력이 아쉬울 때도 있다. 이를테면 관료사회의 경직성과 고루한 업무 스타일에서 자유스러울 수 있다는 장점이 있는가 하면, 서울시를 비롯한 다른 기관과의 관계에서 아무래도 비공식적인 지원이나 협조를 받을 수 있는 지인들이 상대적으로 적다는 단점도 있는 것이다.

참신성이냐 전문성이냐

어떤 자질을 갖춘 사람이 자치단체의 단체장이 되어야 하는가에 대한 논의는 건전한 지방자치의 육성을 위해서 한 번 정도는 짚어보아야 할 문제이다. 기본적으로 참신성, 전문성, 도덕성, 리더십, 그리고 지역에 대한 애향심 등이 자치단체장에게 요구되는 덕성이라고 할 수 있겠다.

이 가운데 도덕성이나 리더십, 그리고 애향심과 같은 것들이야 반론의 여지가 없는 공통적으로 요구되는 덕성이라고 할 수 있을 것이다. 그러나 참신성과 전문성의 항목은 경우에 따라서 공통적으로 나타나기보다는 배타적인 자질로 간주될 수도 있는 듯하다.

이를테면 행정경력의 소유자에게는 행정업무의 전문성이 그만큼 잘 갖추어져 있을 테지만, 바로 그 이유로 인해 경직된 관료주의의 병폐를 타파할 수 있는 참신성이 결여되어 있을 수 있다. 거꾸로 행정경력이 아닌 다른 분야에서 다양한 경력을 쌓아올린 사람들에게는 행정의 매너리즘을 타파할 수 있는 참신하고도 다양한 정책과 구상들이 있는 반면, 행정업무에 숙달된 정도에 있어서는 상대적으로 아마추어일 수밖에 없기 때문이다.

참신성보다는 전문성을 강조하는 사람들은 즐겨 일본의 사례를 예시하곤 한다. 이를테면 지난 40여 년간 일본의 자치단체장 선거 결과를 보면 처음에는 행정경력자의 당선비율이 40퍼센트 미만이던 것이 최근에 와서는 90퍼센트에 이르고 있다는 것이다. 그만큼 유권자들이 전문성을 갖춘 행정경력자를 자치단체장으로 선호한다는 것이다.

때로는 대만의 예를 들면서 자치단체장 후보의 자격을 일정 수준의 행정경력을 갖춘 자로 제한해야 한다는 극단적인 주장을 펴는 사람들도 있다. 행정을 모르는 사람에게 행정을 맡겨서는 안 된다는 이 논리의 저변에 깔려 있는 사고는 물론 행정에 있어서 효율성의 극대화를 추구하자는 것이겠다. 그러나 행정경력을 가진 자만이 행정의 효율성을 추구할 수 있다는 독선에 대해서는 더 이상 뭐라고 할 말이 없다.

사실 우리의 관료제도에 대해서 긍정적 평가보다는 부정적인 시각이 더 많은 상황이고, 공무원들의 복지부동에 대한 국민정서는 숫제 혐오감에 가깝다는 것이 부인할 수 없는 현실이다. 지방자치를 실시하는 목적 중 하나가 바로 이러한 행정에 있어서의 고비용 저효율 구조를 타파하자는 것이라면 관료 출신만이 행정의 효율성을 추구할 수 있다는 주장에 어떻게 공감할 수 있겠는가 말이다.

행정경력이 행정의 효율성을 보장한다는 아전인수식 주장을 펼치기보다는 차라리 그 동안의 비효율성에 대한 반성과 자기부정이 선행되어야 하는 것이 일의 순서이다. 더구나 각종 법규나 시시콜콜한 시행령을 줄줄 외운다고 해서 행정전문가일 수는 없다.

물론 그때그때 찾아보는 것보다야 편리한 점이 없지 않겠지만 행정실무를 담당하는 것과 전체적인 정책방향을 제시하는 것은 또 다른 문제이다. 백과사전을 외워 전공 연구자 행세를 할 수 없듯이 중앙집권 시절의 행정실무 경험만으로 지방자치의 전문가를 자처할 수는 없는 것이기 때문이다. 지방자치시대에는 그 환경에 걸맞는 새로운 아이디어와 도전의식이 있어야 한다. 과거를 답습하는 것만으로는 지방자치제도라는 변화된 환경에 부응할 수 없는 것이다.

아니할 말로 대한민국 공무원들이 행정개혁 사례를 배우겠다고 가장 많이 견학하러 가는 일본의 이즈모시 같은 경우, 경영행정의 혁신을 불러일으켜 행정개혁에 성공한 시장 이와쿠니 씨는 세계 최대의 증권회사인 메릴린치 사의 수석부사장 출신이었다. 행정하고는 애당초 거리가 먼 사람이었던 것이다. 최근 쟁쟁한 관료 출신 경쟁자들을 상대로 당당히 일본 최대의 지방자치단체인 동경도의 지사로 선출된 이오시마 유키오 씨 역시 행정경력이 전혀 없는 전직 탤런트 출신이었을 뿐 아니라, 당시의 선거 이슈 역시 소위 관료망국론이었음은 일본의 사례를 들기 좋아하는 사람들에게 들려주고 싶은 또 다른 사례이다.

하물며 야당의 존재 자체를 제대로 인정하지 않고 있는 대만의 예까지 배울 만한 모범사례로 거론하는 주장을 볼 때면 민주주의의 이상이라는 주민자치는 아예 고려할 생각도 없이 오로지 행정의 효율성만을 주장하는 단견을 보는 듯하여 한편으로는 답답한 마음이 없지 않다.

또 한편으로는 선출직 단체장을 보좌하기 위하여 임명직 부단체장을 두고 있는 이유가 도대체 무엇일까를 고민하게 된다. 굳이 이러한 직제를 운영하는 것은 참신성과 전문성을 상호보완하자는 취지와 목적이 있었던 것이라고 나름대로 판단하고 있기 때문이다. 관료망국론과 같은 극단적인 주장을 펴는 것도 경계해야 할 일이지만, 오로지 나만이 할 수 있다고 믿는 관료적 독선도 아울러 경계해야 할 일이라고 나는 믿는다.

그러기에 전문성만을 고집하는 극단에 서는 것도, 참신성만을 고집하는 또 다른 극단에 서는 것도 나로서는 달갑지 않은 일이다. 비록 나 자신이 학계에서, 그리고 정치인으로 경력을 쌓아왔을 뿐, 행정경력을 갖고 있지 못하다 하더라도 말이다. 지방자치를 시행하는 근본적인 취지는 백번을 양보해서 생각해보아도 주민이 주인 되는 지역정치, 또 주민이 주인으로 대접받는 행정을 하자는 것에 다름 아니다. 그러기에 참신성이냐 전문성이냐를 선택하는 것은 언제나 유권자의 몫일 뿐, 인위적으로 그 선택을 강요할 수는 없는 일이다.

출신이나 경력보다 노력이 최고의 자질

30년 만에 부활된 자치단체장 선거 결과 서울의 25개 기초자치구의 단체장으로 당선되신 분 가운데, 행정전문가라고 할 수 있는 전직 공무원 출신은 모두 15분이다. 그리고 정치인으로, 학계나 법조계 인사로, 또는 지역언론이나 경영분야의 경력을 갖고 당선되신 분 모두 11분이다. 25개 자치구임에도 불구하고 단체장으로 당선되신 분이 26명인 것은 재선거가 한 번 있었기 때문이다.

수치상의 통계를 좋아하시는 분 가운데에는 행여 이러한 결과를 보고 서울시민들은 전문성을 보다 선호한다고 성급한 결론을 내리는 분도 없지는 않을 것이다. 그 동안 단절되었던 지방자치제도가 부활되었음에도 불구하고 시민들이 선호한 것은 행정에 있어서의 안전성과 지속성이 아니겠냐고 강변하시는 분도 혹시 있을 수 있겠다.

그러나 또 한편으로는 지난 선거에서의 화두가 자치행정을 위한 제도개선, 행정 서비스의 개선, 경영 마인드의 도입과 같은 것들이었다고 한다면, 유권자의 선택 기준은 후보자의 출신과 경력을 떠나서, 안정과 현상유지보다는 변화와 개혁을 선호하고 있었음을 알 수 있다.

어쨌거나 출신이나 경력에 따라 자치행정을 수행하는 업무 스타일이 다르다는 평가는 있는 것 같다. 그러나 행정경력을 갖고 계신 분도 지방자치의 건전한 발전을 위한 참신한 아이디어로 행정개혁과 제도개선에 힘쓰고 있으며, 행정경험이 없는 단체장들도 지역의 자치행정 업무며 살림살이를 챙기는 데 결코 모자람 없이 활동하고 있다.

전문성에 있어 남부러울 게 없으신 분들도 참신성의 자질을 갖추기 위해서 노력하고 있을 뿐만 아니라 참신성을 무기로 단체장에 당선되신 분들 역시 행정의 전문성을 익히기 위해서 촌음을 아끼지 않고 있다. 도덕성과 리더십, 그리고 지역에 대한 애향심과 봉사정신을 갖추고 계셨기에 지역의 유권자들로부터 지지를 받은 것이라면 전문성과 참신성을 아울러 갖추어내기 위한 노력 역시 반드시 긍정적인 평가를 받을 수 있을 것이다.

　그러기에 나는 항상 진지하게 나를 돌아보아 생각한다. 과연 나는 얼마나 강서구의 자치단체장으로서 요구되는 자질들을 갖추고 있는지, 또 그것들을 성숙시켜가기 위한 노력에 게으름이 없는지를 말이다. 또 나는 생각한다. 강서구의 구청장 이전에 강서구민의 한 사람으로서 우리 지역을 제대로 알고 애정을 키워나가는 일에 스스로 얼마나 노력하고 있는지를 말이다.

그렇고 그런 이야기

서울시의 시내버스 관련 비리사건으로 온 국민의 분노가 하늘을 찌를 때의 일이다. 마침 시내에 볼일이 있어 나갔다 돌아오는 길에 택시를 타게 되었다. 예나 지금이나 택시기사분들이야 그 걸쭉한 입담에 있어서는 결코 한 자리를 양보할 분들이 아니듯이, 그날의 택시기사분도 예외는 아니었던 것 같다.

수입금을 횡령한 버스업자들과 그들로부터 뇌물을 받았던 서울시의 관계공무원들에 대한 비판에서부터 시작한 그 기사분의 입담은 서울시의 전용차선제나 혼잡통행료 징수문제에까지 도무지 거침이 없었다. 그러다 마침 차가 우리 강서구청 앞을 지나게 되었다. 구청 건물을 흘끗 쳐다본 그 기사분께서는 새로운 이야기를 끄집어내시는 것이었다.

"손님, 지방자치제 한다고 한동안 시끌벅적하더니 다 소용없는 일입디다."

"네? 그게 무슨 말씀이세요."

"아, 글쎄 말입니다. 지방자치 하라고 뽑아놓은 구청장들 하는 짓이 뇌물받은 공무원들이 하는 짓하고 하나도 다를 게 없다니까요. 아예 한술 더 뜨는 모양이에요."

"왜요? 뭐 들은 이야기라도 있으신가 보죠?"

그야말로 뭐 눈에는 뭐만 보인다고 구청장에 대한 이야기가 나오니 진지해지지 않을 수가 없었다.

"안 그래도 요즘 버스 비리사건으로 난리가 아니지 않습니까? 그런데 민선구청장이라는 사람들이 버스노선을 조정해주는 대가로 업자들에게 공공연하게 금품을 받는다는군요."

"구청장들이오? 설마 그럴 리가 있겠습니까? 도대체 그런 말들은 어디서 들었습니까?"

"어디서 듣긴요. 아 그게 다 그렇고 그런 거 아니겠어요?"

"에이 여보쇼! 그렇고 그렇긴 뭐가 그렇고 그렇단 말이오? 도대체 버스노선 조정하는 것하고 구청장하고 무슨 상관이랍디까? 그거야 서울시에서 할 일이지 애당초 구청장 권한도 아닌데요."

"에구 손님도…… 잘 모르시고 하는 말씀이에요. 세상이라는 것이 원래 다 그렇고 그런 거 아닙니까? 선거 때 돈 좀 썼을 테니 좋은 자리에 있을 때 한 밑천 챙겨야지, 언제 본전 뽑겠습니까?"

"에구 기사양반, 그만둡시다. 내가 바로 조금 전 지나온 강서구청의 구청장이오. 행여 그런 일이 있을 수도 없고 있어서도 안 되겠지만, 그저 그러려니 하는 것도 잘못이에요. 시민들이 먼저 믿고 맡겨주어야 하는 것 아닙니까? 그런 식으로 고양이에게 생선가게 맡기는 것 아니냐고 생각하면서 지방자치를 어떻게 하겠습니까?"

안타까운 행정 불신 의식

그날의 대화는 필자 스스로 구청장임을 밝히고 시내버스의 노선결정은 기본적으로 구청의 소관업무가 아님을 설명해주고서야 가까스로 일단락되었지만 그 기사분의 얼굴에는 어쨌거나 소위 다 그렇고 그런 게 아니냐는 표정이 완전히 가신 것은 아니었다.

민주주의의 근본이념에 입각하여 보다 폭넓은 주민참여의 행정을 펼쳐나가야 할 구청장은 그날 졸지에 그렇고 그런 일(?)에만 관심을 두는 그렇고 그런 파렴치범이 되고 말았던 것이다. 하기야 내로라 하는 국회의원이며 전직장관, 청와대 수석들이나 은행장들이 줄줄이 구속되거나 청문회에 소환되는 판에, 가뜩이나 정치에 대한 냉소와 행정에 대한 불신감이 팽배해 있는 일반 국민들이나 앞의 택시기사분께서 묘한 상상력을 구태여 민선자치단체장이라고 해서 거두어들이리라는 기대 또한 부질없다는 생각도 든다.

그러나 30년 만에 부활된 지방자치제도에 의해 선출된 민선자치단체장이라는 위치가 개인적인 잇속이나 차리는 그렇고 그런 자리로 받아들여질 수밖에 없었던 뿌리 깊은 행정 불신의 국민감정에 대해 참으로 안타까운 심정을 감출 길이 없다.

또 다른 그렇고 그런 이야기도 있다. 지역의 불법 야시장을 철거했을 때의 일이다. 다음날로 야시장을 열었던 상인들이 우르르 구청으로 몰려와서는 구청장 면담을 요구하는 것이었다. 서민의 생존권을 침해한다고 소리를 높이고, 먹고 살자는데 너무 야박한 것이 아니냐고 책상을 쳐대는 것까지야 그런대로 이해하고 넘어갈 수도 있는 일이었다.

사실 대부분의 야시장이라고 하는 것이 노점상들이 자연스럽게 한 곳으로 몰리는 것이라기보다는 아예 기업의 형태로 운영되고 있음을 모르는 바는 아니었지만 어찌 되었든 그곳에서 영업을 하는 분들의 애환을 이해할 수는 있었기 때문이다. 그러나 그 와중에 도저히 납득할 수 없는 이야기가 있었다. 그중에 대표격이라는 사람이 나름대로는 의기양양한 표정으로 떠들던 말이었다.

"이거 보쇼, 구청장 나리. 그 땅주인에게 얼마나 얻어먹었는지 모르겠지만 그 사람 표는 그저 한 표뿐이오. 우리들 표가 도대체 얼마나 되는지 한번 세어보실라요? 구청장 한 번만 하고 말 생각이 아니라면 알아서 처신하쇼. 다음번 선거 때 아예 뜨거운 맛을 보여드릴까?"

민주주의의 참된 의미가 무엇인지, 지방자치를 하는 근본적인 취지가 무엇인지를 그야말로 제맘대로 이해하고 있는 사람이었다. 선거에 의해서 당선된 자치단체장이니 그저 득표에 도움만 된다면 불법이고 뭐고를 따지지 않고 뭐든지 할 것이라고 생각했던 모양이다.

지금 이 자리에서 당장 구청장을 그만두는 게 낫지, 당신에게 표 구걸할 줄 알았느냐고 호통을 쳐서 돌려보냈지만 내내 불쾌했던 기억이 있다.

하기야 노점상 단속기간만 되면 표 떨어지는 소리가 들린다고 걱정 아닌 걱정(?)을 해주는 사람도 있고, 근거도 타당성도 없는 지원을 요구하다 거부당하면 은근히 선거를 들먹이는 단체도 있다. 개중에는 주차위반 스티커를 들고 와서 선거 때 한 표 찍어주었더니 고작 하는 일이 이런 것이냐고 막무가내로 항의하는 사람도 있다.

민선구청장의 역할을 그렇고 그런 일을 하는 것으로 착

각하지 않고서는 도저히 있을 수가 없는 일이다. 이런 의식들이 사라지지 않고서는 그야말로 우리의 지방자치, 우리의 민주주의는 언제나 그렇고 그런 것이 되고 말 뿐이다.

민선자치단체장은 믿을 수 없다?

민선자치단체장을 그렇고 그런 사람으로 몰아가야만 직성이 풀리는 예를 하나만 더 들어보자. 지난 15대 총선 즈음해서의 일이다. 난데없이 주민을 대상으로 하는 각종 교육 프로그램이며 문화강좌 등, 주민 상대의 행사는 일체 개최할 수 없다는 공문이 접수되었다. 교재비와 재료비 정도만 받고 실시하는 이런 종류의 프로그램이 오직 수강료가 무료라는 것 때문에 선심행정의 사례로 간주되면서 선거에 영향을 미칠 수 있는 행위가 되니 금지하겠다는 것이었다. 자치단체 단위의 복지행정업무들을 선거부정의 수단으로 간주하겠다는 발상이었다.

이 바람에 꽃꽂이며 의학상식, 자녀교육강좌 등을 주 내용으로 하던 주부교실이 임시로 폐지되었을 뿐 아니라, 주민 대상의 각종 취업교육 프로그램도 역시 잠정적으로 휴강될 수밖에 없었다. 졸지에 지역 주민들만 피해를 보는 격이었다.

정말로 어이없는 일이었다. 자치단체장의 이름으로 실시

되는 주민복지 프로그램이 국회의원을 뽑는 총선거에 무슨 영향을 미치는지도 알 수 없는 노릇이었지만, 중앙집권 시절에도 아무 문제 없이 시행되어오던 이런 복지 프로그램들이 지방자치제하에서만 새삼 문제가 되어야 하는 이유도 도저히 이해할 수 없었다.

구청에서 실시하는 복지 프로그램들이 선거에 영향을 미친다고 생각했다면 이전부터도 이런 조치들을 취해왔어야 마땅한 일이다. 직업공무원들은 공정하게 행정을 처리하지만 민선자치단체장이라는 사람들은 애당초 믿을 수 없는 존재(?)들이라고 생각한 것인지, 아니면 이전부터도 아주 유용한(?) 수단들이었던 것을 야당 출신 단체장들이 역으로 활용할 기회를 주어서는 안 되겠다고 판단한 것인지 나로서는 아직까지도 풀지 못하는 숙제일 뿐이다.

하기야 지난 2년여의 기간 동안 그렇고 그런 존재가 되고 말았던 경험이야 손꼽아 세어볼 수도 없을 정도이니 구체적으로 이러저러한 일이 있더라는 일화를 모두 이야기할 수도 없는 노릇이다. 아니할 말로 일선 행정기관의 장에게 주어진 고유의 업무를 수행하는 것조차도 민선자치단체장이기에 선심행정이요, 재선을 위한 사전선거운동으로 매도되는 경우가 어디 한두 번이었을까.

때로는 행정의 효율성 제고를 위해서 서울시 구청장 자리는 임명제로 해야 한다고 떠드는 소리도 듣곤 한다. 민선구청장들을 파행적 행정, 비효율적 행정의 주요 원인제 공자로 간주하지 않고서는 차마 할 이야기가 아니다. 흔 들어보면 무슨 먼지라도 나지 않을까 싶어 시도 때도 없 이 들이닥치는 각종 기관의 사정성 감사를 받아본 경험도 한두 번이 아니다.

이럴 때마다 억울함보다는 안타까운 마음이 항상 앞선 다. 지방자치의 건전한 기반을 조성하는 일에 조금의 도 움도 될 성싶지 않기 때문이다. 다만 시작부터 제대로 된 지방자치를 해보겠다고 결심한 이상 스스로 낙담해서는 안 되겠다는 각오를 다지고 있다. 그러기에 근거없는 불 신이며 되도 않는 매도의 소리들은 그저 그렇고 그런 이 야기 정도로만 생각하고 나아갈 뿐이다. 우리의 지방자치 만큼은 그렇고 그런 수준이 되어서는 안 된다는 생각을 갖고 말이다.

구청장의 방송 사고

    내가 갖고 있지 못한 재주 중에 가장 부러운 것을 하나 꼽으라면 서슴지 않고 노래 잘 부르는 재주를 꼽을 정도로 사실 노래에는 재주가 없는 편이다. 음정, 박자는 고사하고 처음부터 끝까지 제대로 외울 수 있는 노랫말 하나 변변히 없는 처지여서 이따금 여럿이 모인 자리에서 노래 한 곡을 청하는 사람만큼 원망스러운 사람도 없을 정도이다.

    노래에는 재주가 없다고 한 자락 빼도 판을 깬다는 이야기를 들을 판이요, 그렇다고 진땀 뻘뻘 흘리며 한 곡조를 불러보아야 듣는 사람들 귀만 괴롭히고 말 것이니 말이다. 이래저래 고운 시선을 받지 못할 바에야 흥이라도 깨지 말아야겠다는 생각에서 노래 한 곡을 배워놓았다.

이른바 나만의 18번을 갖고 있는 셈인데 모두들 아는 이 선희 씨의 〈J에게〉라는 노래가 바로 그것이다. 비교적 곡조도 단순하고 가사도 외우기 쉽다고 집사람이 선곡해준 곡인데, 솔직히 말해서 이 곡 하나를 완전히(?) 익히는 데도 적지 않은 시간을 투자했다. 어쨌거나 오로지 이 노래 하나로 10여 년을 버텨왔다.

노래라는 것이 워낙에 듣는 사람들이야 어쨌거나 불러서 즐겁기만 하면 된다는 음치학개론 제1장이 있다고는 하지만, 한 곡만을 10여 년 이상 부르다 보니 듣는 사람의 짜증은 말할 것도 없고 부르는 나 자신도 사실 지겹지 않을 리가 없다. 그렇다고 레퍼토리를 바꾸어볼 자신도 없고 해서 그냥저냥 버텨온 것인데, 마침내 새 노래를 배울 계기가 찾아왔다.

제4회 강서구민의 날 행사의 일환으로 MBC의 〈청소년 음악회〉를 유치하게 된 것이다. 그런데 이 음악회 중간에 노래 부르는 시간을 마련하겠으니 나름대로 준비를 해두라는 담당 프로듀서의 협박성(?) 부탁을 받게 되었다.

곰곰이 생각해보니 지난해 제3회 강서구민의 날 행사에서 아는 사람들은 다 아는 영원한 애창곡 〈J에게〉로 삽시간에 판을 썰렁하게 만들어놓은 전력도 있었고, 더구나 행사 자체가 청소년을 위한 음악회인데 10여 년 전 흘러간 노래로는 도무지 분위기에 어울릴 것 같지 않다는 걸론을 내리게 되었다.

그래서 나름대로는 중대한 결심을 하게 되었으니, 이 참에 최신곡으로 18번을 바꾸어 이미지 쇄신(?)을 해보자는 비장한 각오였던 것이다. 새로운 노래의 선곡은 고등학교에 다니는 아들녀석 몫이었다. 아무래도 청소년 음악회에 어울릴 노래는 바로 그들의 눈으로 볼 때 가장 확실하게 뽑아낼 수 있을 터이니 한물 간 세대인 집사람보다는 아들녀석이 제격일 수밖에 없었다.

무조건 요즘 청소년들이 좋아하는 노래면 아무거나 괜찮다는 나의 주문이 무리였을까? 아버지의 노래실력을 익히 알고 있는 아들놈은 그냥 〈J에게〉를 고수하는 것이 좋을 것이라는 신중한 견해를 제시하였고, 요즘 유행하는 노래 중에 아버지가 제대로 따라부를 수 있는 노래는 전혀 없을 것이라는 단정적인 결론을 나름대로 내버리는 것이었다.

어쩌랴, 노래실력에 대해서야 스스로가 너무나도 잘 알고 있는 것을. 마침 옆에서 부자간의 대화를 듣고 있던 초등학교 6학년짜리 딸아이가 〈쿵따리 샤바라〉라는 노래가 요즘 가장 인기 있는 노래라는 중요한(?) 정보를 제공해주었다. 절대로 그 노래는 안 될 것이라느니, 한번 해볼수도 있지 않겠냐느니 하는 남매간의 실랑이를 뒤로 하고 어쨌거나 최고의 히트곡을 연습해보아야겠다는 결심을 그

날 굳혔다.

〈쿵따리 샤바라〉가 무슨 뜻인지는 모르겠지만 그해 여름의 최고 히트곡이었던 것만은 분명했다. 구청 직원들 중에서도 모르는 사람이 거의 없었으니 말이다. 노래를 배우기 위해서 테이프를 사고 딸아이가 적어준 노래가사를 보면서 정말 나름대로는 열심히 연습했다. 중간에 랩으로 처리되는 부분이 막막하기는 했지만 노래 부분은 어떻게든 해볼 수 있을 것 같은 자신감도 생겼다.

특히 그 노랫말이 좋았다. 마음이 울적하고 답답할 땐 산으로 올라가 속시원히 소리 한번 질러보곤 털어버리자는, 괴로운 일이 있을 때 너무 집착하지 말고 낙관적으로 생각해보자는 그 노랫말은 정말 자라나는 청소년들에게 한 번쯤은 해주고픈 말이었다. 강서구민의 날 행사의 일환으로 준비된 청소년 음악회에서 강서구청장으로서 강서구의 꿈나무들에게 전하고픈 말로 이 이상이 또 있을 수 있을까?

나는 속으로 '음! 이 노래는 클론이라는 가수들을 위해서라기보다는 이날의 행사를 위해서, 차라리 나를 위해서, 만들어진 노래가 틀림없다'는 회심의 미소마저 짓고 있었던 것이다. 물론 중간중간에 쿵따리 샤바라 빠빠빠빠 하기가 좀 뭐한 것은 있었지만 말이다.

테이프를 들으며 음을 익히고, 오고가는 차 안에서 그

가사를 외우고, 심지어는 최신곡을 틀어주는 노래방에 가서 실전연습까지, 정말 나름대로는 만전의 준비를 다했다.

청소년 음악회 해프닝

그날, 청소년 음악회가 열린 관내 새마을운동본부의 운동장에는 3만 명이 넘는 관람객이 쇄도하였다. 53만 주민이 거주하는 지역에 개봉관은커녕, 두 편 동시상영하는 재개봉관도 없을 정도로 문화시설이 전무한 우리 강서구의 주민들이기에 청소년 음악회라는 빅 이벤트는 다시 없는 좋은 구경거리였다. 그 행사를 가장 손꼽아 기다려온 사람은 어쩌면 나였는지도 모르겠다. 비장의 무기 〈쿵따리 샤바라〉가 있었기에 말이다.

강서구민 전체의 화합과 강서구민으로서의 자긍심을 북돋아주기 위한 강서구민의 날 행사였기에, 또 3만 명 이상의 주민들이 한 자리에 모일 수 있는 기회도 그리 흔한 것은 아니었기에 나는 나름대로의 뿌듯함을 느낄 수 있었다. 물론 마냥 행사가 진행되는 것만 구경하고 있었던 것은 아니다. 한 번이라도 더 〈쿵따리 샤바라〉의 가사를 외워보아야 했으니 말이다.

사회자의 소개로, 모이신 주민 여러분께 인사말을 하고는 마침내 비장의 노래 〈쿵따리 샤바라〉를 불렀다. 가사 하나 안 틀리고 정말 잘 불렀다(고 나름대로 생각했다). 막

오십줄에 접어든 중년의 구청장 입에서 흘러간 옛노래나 분위기에 안 맞는 클래식한 가곡이 아니라 당시의 최신 히트곡, 경쾌한 댄스풍의 〈쿵따리 샤바라〉가 유창하게 흘러나오자 모두들 정말 흥에 겨워하는 것 같았다. 전국에 방영될 프로그램이라는 것이 조금 마음에 걸리기는 했지만 워낙 삶의 여유를 즐길 만한 문화공간과 시설이 전무한 우리 강서구에 이런 행사를 유치할 수 있었다는 것 자체만으로도 충분히 보람을 느낄 만한 일이었다.

이틀에 걸친 구민의 날 행사를 무사히 마치고 나서도 내 개인적으로는 흥분의 감정을 진정시킬 수가 없었다. 〈쿵따리 샤바라〉를 부르는 내 모습을 곧 텔레비전을 통해서 볼 것이기 때문이었다. 겉으로 내색은 안 했지만, 누군들 텔레비전에 나오는 자신의 모습을 아무렇지도 않게 그저 담담한 모습으로 지켜볼 수가 있겠는가.

그러나 일요일 밤 늦은 시간에 방영된 그 프로그램에서, 도대체 언제나 내 〈쿵따리 샤바라〉가 나오나 두 눈을 비비며 한 시간여를 매달린 그 프로그램에서, 마지막 자막이 올라갈 때까지 내가 노래 부르는 모습은 단 한 장면도 비치지 않았다. 구민들께 인사하는 장면은 나왔지만, 심혈을 기울여 준비한 〈쿵따리 샤바라〉는 편집과정에서 무참히 삭제되었다는 것은 누가 따로이 말해주지 않아도 알 일이었다.

이튿날 구청에서는 저마다 어젯밤 방영된 〈청소년 음악회〉 이야기를 화제로 삼고 있었다. 심지어는 회의석상에서도 그 이야기가 오고갔다. 워낙 녹화시간에 비해 방영시간이 짧다 보니 적지 않은 시간들이 편집되었던 것 같다는 추측성 이야기도 나왔고, 어차피 공영방송의 정규 프로그램인 관계로 구청장의 모습을 방송하기에는 문제가 있지 않았겠느냐 하는 분석(?)도 있었다.

그렇지만 옆에 앉아 있던 정책보좌관의 결론이 모든 이야기를 잠재우고 말았으니. "청장님, 어제 방송에서 청장님 노래 부르는 모습이 안 나온 건 당연합니다. 그거 방송되면 웬 방송 사고냐고 전국에서 항의가 빗발쳤을 텐데요, 뭘."

딴에는 애써서 연습하고 온 힘을 다해서 부른 노래이건만 듣는 사람들은 방송 사고를 유발하는 소음으로 들었을 것이라니, 신랄한 것인지 정확한 평가인지는 잘 모르겠다. 다만 그 시간을 통해서 우리 강서구민들이 잠시나마 마음의 여유와 기쁨을 느꼈다면, 또 그 자리에서 나름대로의 보람을 느낄 수 있었다면 그것으로 족할 뿐이다.

제5회 강서구민의 날 행사에는 KBS의 전국노래자랑과 MBC의 한마음 음악회를 유치하였다. 기회가 주어진다면 한 번 더 노래 부를 마음의 준비가 되어 있다. 또 방송 사고로 낙인찍혀 편집과정에서 무참히 삭제된다고 해도 말이다.

문화의 불모지 강서구에 씨앗 하나를

53만이나 되는 결코 적지 않은 주민들이 거주하는 서울이라는 거대도시의 한 편에, 그것도 대한민국의 관문이라는 김포공항을 끼고 있는 서울특별시의 강서구에는 앞에서도 언급한 바와 같이 극장 하나 없다. 개봉관이고 재개봉관이고를 떠나서 아예 극장 자체가 없는 것이다.

실내악 연주라도 들을 수 있는 조그마한 규모의 음악무대라든가 연극공연무대가 없는 것은 아예 말할 필요도 없는 일이다. 도대체 도시생활의 삭막함 속에서 삶의 윤기를 더해줄 변변한 문화시설이라고는 아예 눈을 씻고 찾아봐도 보이지가 않는다.

어차피 극장이고 연극무대고 그밖의 문화시설이고 간에 상업적인 이윤을 목적으로 하는 민간자본의 입장에서 볼 때 우리 강서구는 애당초 시장이 형성될 수 없는 곳이라고 판단하고 있는 모양이다. 그것까지 뭐라고 할 수는 없는 노릇이다. 여기도 문화시장이 형성될 수 있다고 강변하고, 민간자본의 상업적 이윤을 구청이 나서서 보장해주고 다닐 수도 없는 일이기 때문이다.

그러기에 더더욱 아쉬운 것이 바로 행정적인 배려이다. 국민소득이 증가하고 여가시간이 늘어감에 따라 주민들의 문화수요가 늘어나고 있음에도 불구하고 이를 충족시켜줄 마땅한 문화공간이나 시설이 마련되어 있지 못하다면 행정적인 차원에서 이의 대책을 마련할 필요가 있다. 우리 강서구에서는 나름대로 강서문화의 집을 설립하고, 강서구민회관을 문화공간으로 활용하기 위해서 시설물을 보완, 정비하는 작업을 통해서 부족한 문화시설 확충에 최선의 노력을 경주하고 있다.

이러한 시설들을 활용해서 주말마다 무료 영화를 상영하기도 하고, 정기 음악회나 국악 한마당 등의 공연을 적극 지원하고 있다. 이러한 하드웨어뿐만 아니라 강서문화원이나 관내 문화예술단체의 활성화를 위한 소프트웨어적인 지원사업도 병행하고 있다.

그럼에도 불구하고 53만 강서구민의 문화욕구를 충족시키기에는 역부족임을 느낀다. 어차피 문화사업이라는 것이 행정력만으로 추진할 수 있는 성격의 것이 아니기도 하거니와 워낙 낙후된 문화공간과 시설들을 자체예산만으로 끌어올리기에는 한계가 있기 때문이다.

53만 강서구민은 강서구민인 동시에 서울시민이다. 서울의 구석구석을 모두 다니면서 살펴본 것은 아니지만 적어도 서울의 25개 자치구 중에 극장 하나 찾아볼 수 없는 자치구는 우리 강서구가 유일한 곳이 아닐까 하는 생각을 하고 있다. 최근에 서울시에서는 세종문화회관 별관을 건립하겠다고 발표하였다. 이웃 양천구 목동지역에 건립할 예정이라는 것이다. 그곳에 마침 별관부지로 적합한 시유지가 있기 때문이라는 친절한 설명까지 덧붙이면서 말이다.

서울시민 모두에게 골고루 혜택을 줄 수 있는 문화정책을 생각하고 있었다면, 각 자치구간의 균형 있는 발전을 염두에 두고 있었다면, 과연 그것이 최선의 선택이었을까 하는 의문을 갖지 않을 수 없다. 많은 자 더 많게 하고, 적은 자 아예 있는 것까지 빼앗아버리겠다는 발상일까?

어떤 지역은 안 그래도 민간자본에 의한 문화교실이며 공연장이 빽빽이 들어차 무엇을 골라 즐겨볼까 고민하는 곳이 있는가 하면, 어떤 지역에서는 그저 잠시만의 시간이라도 주민들이 즐길 수 있는 기회가 될까 해서 방송국의 정규 프로그램이라도 유치해보겠다고 돌아다니기도 하는 실정이다. 문화의 숲에 나무 하나를 더 심을 것인가? 아니면 문화의 불모지에 꽃을 피워낼 수 있는 씨앗 하나를 심어볼 것인가? 심각하게 물어보지 않을 수 없다.

2장

세상이 바뀌면 생각도 바꾸자

청장님, 밥 좀 먹게 해주세요

구청장들이 모인 자리에서 이따금 구청장이라고 다 같은 구청장이냐는 농담이 오고가곤 한다. 각 구의 인구수에 따라 1급 구청장, 2급 구청장이 구분되기에 하는 이야기이다. 자치단체장의 업무나 역할이 인구가 많고 적음에 따라 큰 차이가 난다고 생각하는 것인지는 몰라도, 민선 자치단체장들에게 굳이 공무원 조직의 직급을 차등 적용할 필요가 있는지에 대해서는 좀더 연구해보아야 할 문제이다.

어쨌거나 우리 강서구의 인구는 기준치인 50만을 넘어섰기에 당당한(?) 1급 구청장으로 행세하고 있다. 양천구가 분구되어 나간 지 얼마 되지도 않았는데 금세 인구가 불어나는 바람에 1급 구청장 행세를 하게 되었으니 강서구로 이사오신 분들께 고맙다는 인사를 해야 하는 것인지도 모르겠다. 그러나 사실은 감사의 마음보다는 죄송하다는 생각을 훨씬 더 크게 느끼고 있다.

생각해보면 분구 당시 35만 정도의 인구였던 강서구가 어느새 인구 50만을 넘는 거대 자치구가 된 것은 가양, 등촌, 방화지구에 대규모 임대아파트단지가 조성되었기 때문이다. 최소한 16만 명 이상이 이 지역으로 이주해온 것이다. 서울시의 불량주택들을 정비하고 영세민들에게 보다 나은 주거환경을 제공하겠다는 취지로 서울시가 추진한 주택정책의 결과이다.

개인적으로는 서울시의 이 정책은 근본적으로 방향이 잘못되었다는 생각을 하고 있다. 물론 불량주택들을 정비해야 한다든가, 보다 나은 주거환경을 마련해야 한다는 취지를 문제삼는 것은 아니다. 누구라도 당연히 추진해야 할 일이기 때문이다. 다만 임대아파트 단지를 한 지역에 대규모로 밀집시켜야 한다는 발상을 이해할 수가 없는 것이다.

토지를 손쉽게 획득할 수 있다는 경제적 측면이 이유였겠지만 주택정책의 차원만이 아니라 환경이나 교육, 복지 분야, 입주자의 생활기반 조성 등 총체적인 측면을 고려한다면 당연히 분산배치가 이루어졌어야 한다.

또 기왕에 한 지역에 집중적으로 조성할 수밖에 없는

상황이라면 이에 걸맞는 총체적인 행정지원책을 마련했어야만 한다. 그러나 유감스러운 일이지만 우리 강서구의 경우만 해도 불과 3년이라는 기간 동안 16만이라는 대규모의 인구가 집중 이주하였음에도 불구하고 이에 따른 행정적 조치들은 전혀 이루어지지 않고 있었다.

특히 임대아파트단지의 특성상 최소한 복지분야만큼이라도 확실한 대비책이 마련되어야 했음에도 불구하고, 누구도 이에 대해서 신경을 쓰지 않고 있었다. 한마디로 주택정책만 있었지, 행정의 총체적인 측면에 대해서는 모두들 나 몰라라 하는 식이었던 것이다.

이런 상태에서 지방자치제가 실시되었으니 막상 인구 많은 자치구의 1급 구청장이라는 것이 고마운 것이 아니라, 제대로 된 행정지원책들을 충분히 마련하지 못하고 있는 상황을 안타까워하고 송구스러워할 수밖에 없는 입장이다.

진정한 1급 구청장이 되는 길

그런 중에도 가장 안타까운 것이 바로 저소득층에 대한 지원책이다. 일반적으로 선진국형 사회일수록 복지정책은 생계수단의 지원보다는 삶의 질을 개선하는 쪽으로 방향을 잡아나가는 추세라고 한다. 이런 점에서 이제 우리 나라도 생활보호대상자의 비율이 3퍼센트대로 낮추어졌으니

선진국형 복지정책을 펼쳐나갈 시점이 되었다고 주장하는
전문가들도 있는 모양이다.

물론 삶의 질을 개선하는 내용의 복지정책이 추진되어
야 하는 것은 맞는 말이다. 그러나 서울의 25개 자치구
가운데 두 번째로 많은 생활보호대상자들이 거주하고 있
는 우리 강서구의 경우는 삶의 질을 개선하는 쪽의 복지
정책도 중요하지만 삶을 유지하는 것 자체가 문제가 되는
주민들을 위한 행정지원에도 소홀할 수가 없다.

일인당 최저생계비 22만 원 이하인 가구만도 5,400여
세대, 1만 5천여 명이 넘고 있는 상황이기 때문이다. 이
수치는 서울시 전체의 생활보호대상자 가운데 16퍼센트
정도나 되는 수준이다.

문제는 그나마 생활보호대상자로 지정된 사람들은 운이
좋은 경우라는 데 있다. 법정기준이 안 되어 생활보호대
상자로 지정받지도 못하면서 삶의 모습은 한계선상에 있
는 저소득층의 수는 이의 몇 배는 될 터이다.

서울시 생활보호대상자의 16퍼센트가 집중되어 있는 지
역이니 한계선상에 있는 저소득층의 비율은 또 얼마나 될
지 비록 통계치로는 나타나지 않았더라도 가히 상상하기
가 어렵지 않을 것이다. 그럼에도 불구하고 중앙정부나
서울시는 생활보호대상자에 대한 법정지원금을 보조하는
것만으로 할 일 다했다고 손놓고 있는 격이니 어떻게 안

타깝지 않을 수가 있겠는가 말이다.

결국 생활보호법이니, 저소득층 지원제도니 하면서 온갖 생색이나 내려들 뿐, 법규나 제도에 규정되지 않는 틈새들을 메워내는 일은 전부 기초자치단체의 몫으로 떠넘기고 있는 것이 오늘의 현실이다. 특히 우리 강서구의 경우는 잘못된 정책으로 인해 인위적으로 저소득층이 집중되면서 그 어느 지역보다도 메워야 할 틈새가 넓은 곳이라고 할 수 있다.

예를 하나 들어보자. 저소득층 집중 거주지역의 동사무소를 방문했을 때의 일이다. 주민들을 직접 만나 현장의 소리를 생생하게 듣는 것은 워낙의 일과였기에 그날도 지역 주민들이 동사무소에 많이 찾아오셨다.

그중 어떤 분이 내 손을 잡으시면서 "청장님, 제발 밥 좀 먹게 해주세요."라고 말씀하시는 것이었다. 솔직히 그 말을 들었을 때는 지역방문 때마다 듣는 일상적인 민원의 하나라는 생각뿐이었다. 예컨대 생활보호대상자로 지정받을 수 있게 해달라는 청원이든가, 직업을 갖게 해달라는 부탁이라고 생각했던 것이다.

그러나 그분의 문제는 그런 것이 아니었다. 이미 자활보호대상자로 지정받아 그런대로 혜택도 받고 있지만 치아가 하나도 없어 밥 한술을 씹을 수 없는 지경이니 말 그대로 밥 좀 먹게 의치를 좀 해달라는 소망이었던 것이다.

한편으로 생각하면 지극히 개인적인 문제일 수도 있고, 또 그런 것까지 행정기관이 나서서 해주길 바라는 것은 지나친 요구라고 생각할 수도 있을 것이다. 물론 틀린 말은 아니다. 그러나 생활보호법이며 저소득층 지원제도에 틈새가 있는 것만은 분명하다. 물론 몇 백만 원이나 하는 의치를 해넣을 비용을 행정적으로 모두 지원해줄 수는 없는 일이다. 그러나 한 끼 밥도 먹지 못하는 사람에게 몸을 추슬러 일터로 나가라고 강요할 수도 없는 일이다. 오랫동안 행정의 틈새를 생각하게 했던 일이었다.

마침 치과병원을 하는 친구가 있어 개인적으로 부탁해서 의치를 해드리기는 했지만, 생각해보면 이런 분들이 한두 분이 아닐 것이다. 그렇다고 매번 비공식적인 방법에 의존해서 문제를 해결할 수도 없을 것이다. 결국 기초자치구 차원에서나마 이 틈새를 메워낼 수 있는 제도보완이나 정책개발이 이루어져야만 한다.

저소득층 지원의 틈새를 메운다는 측면에서 우리 강서구의 독특한 정책으로 소개할 수 있는 제도가 바로 '준생보자 지원제도'이다. 법률상으로는 생활보호대상자의 법정기준을 넘어섰지만 대상자와의 소득격차가 크지 않아 실질적으로는 생활보호를 받아야만 하는 주민들을 지원하기 위해서 고안된 제도이다.

사실 저소득층 지원제도와 관련해서 그 틈새가 가장 잘

드러나는 것이 바로 생활보호대상자 지정과 관련된 문제이다. 이런 분이 계셨다. 자활보호대상자로 이러저러한 혜택을 받으면서 동사무소의 취로사업에 나와 월 17~18만 원 정도를 받는 분이었다.

마침 동사무소에서 취로사업보다는 나은 소득을 올릴 수 있는 일자리를 알선해주었다고 한다. 그러나 이분은 단호히 그 제안을 거부하더라는 것이다. 불과 몇 만 원 더 버는 바람에 자활보호대상자 지정이 취소된다면 그것이 오히려 손해라는 것이 거부의 이유였다던가. 어차피 큰돈 벌 일도 아닌데 차라리 자활보호대상자 혜택이나 누리는 것이 낫다는 계산이 섰던 것이다.

사실 가구원 일인당 소득액이라는 법정기준에 맞추어 생활보호자를 지정하다 보면 이런 문제들이 비일비재하게 나타난다. 자활의 길을 터주자는 것이 아니라 자활의 의욕을 꺾어버리는 행정의 틈새이다.

가슴으로 펼치는 행정

애당초 생활보호대상자가 별로 없는 지역에서야 이런 틈새가 큰 문제가 되지 않을 수도 있겠지만, 우리 구의 경우는 소위 법정기준의 한계선상에 있는 주민들의 수가 결코 무시할 수 있는 수준이 아니다. 지난 4년간만 따져보아도 무려 2,700여 가구가 생활보호대상자에서 제외되었을 정도이니 말이다.

물론 앞에서 이야기한 분처럼 나름대로의 계산을 앞세워 이것저것을 선택할 수 있는 사람도 있었겠지만, 대부분은 자활의 의지를 갖고 적극적으로 일자리를 구하다 소득이 초과되는 경우나 자녀들이 성장하는 바람에 소득은 그대로인데도 불구하고 법정기준만 넘어서게 된 사람들의 경우이다. 이런 경우에 법정기준만을 앞세우는 것은 저소득층을 곤경에 빠뜨리는 것일 뿐이다.

이런 모순을 해소하기 위해서 우리 강서구에서는 당장에 법정기준을 넘어섰다 하더라도 일정 기간 동안은 생활보호대상자 자격을 유지하면서 자립을 위한 준비기간을 마련토록 하고 있다.

물론 중앙정부나 서울시로부터 일체의 보조가 없는 상태에서 순수하게 자체예산만으로 추진하는 제도이기에 충분한 기간을 주고 있지는 못하지만, 의료보험과 자녀 학자금 등의 지원을 통해서 갑작스러운 곤란은 면할 수 있도록 조치하고 있다.

어차피 법규나 제도의 미비에서 발생하는 틈새를 모두 떠맡을 수밖에 없는 상황이라면 가장 중요한 것은 가슴으로 하는 행정의 자세를 갖추는 일이다. 가뜩이나 미비한 것이 많은 법이나 규정에 근거해서 법대로, 규정대로의 차가운 논리만을 고집한다면 이 틈새를 메울 길이 없기 때문이다. 따뜻한 가슴으로 행정을 펼칠 때 법과 규정의 사각지대에서 고통받는 우리 이웃의 문제를 제대로 알고 그 해결책을 함께 모색해볼 수 있는 것이다.

1995년 11월의 어느 날 강서구 특유의 주민직접청원제도라고 할 수 있는 '구민과의 만남' 시간에 차마 고개를 돌려 눈시울을 훔쳐내지 않고서는 들을 수 없는 딱한 사연을 가진 주민이 한 분 찾아오셨다.

교통사고로 한쪽 다리를 쓰지 못하는 자활보호대상자인 그분에게는 이제 막 고등학교를 졸업하는 딸이 있었다. 그러나 한창 미래에 대한 희망찬 꿈만 가득해야 할 이 소녀는 푸르른 꿈 대신 급성골수백혈병이라는 무시무시한 병을 앓고 있었던 것이다. 수술비가 2천여만 원을 넘어서는 판에 죽음만을 기다리고 있는 딸을 보다 못해 구청을 찾은 그분의 울먹이는 목소리에 한동안 가슴이 심하게 답답해옴을 느끼지 않을 수 없었다.

법에 규정한 대로만 할 수 있다는 행정의 차가운 논리만으로는 도저히 해결책을 찾을 수가 없었던 것이다. 법적으로는 근로능력이 있는 세대원이 있기에 진료비 혜택이라도 받을 수 있는 거택보호자 지정도 해줄 수 없는 상황이었으니 말이다. 무엇보다도 따뜻한 가슴으로 펼치는 행정의 자세가 필요했다. 아니 행정 이전에 인간의 도리라고 하는 것이 차라리 맞는 말일까?

행정의 한계를 뼈저리게 느끼면서 백방으로 해결책을 찾아보았다. 지성이면 감천이라고 했는지 마침 모 재벌그룹에서 운영하는 사회복지재단을 찾을 수 있었다. 딱한 사정을 전해들은 이 재단에서는 신입사원들을 대상으로 모금한 2천여만 원의 기부금과 100장의 헌혈증서를 보내주었다. 이 덕에 죽음을 앞두고 있던 소녀는 다행히 새로운 희망을 찾게 되었던 것이다.

혹시나 하는 심정보다는 그저 하소연이라도 하겠다는 심정으로 구청을 찾았던 이 아버지의 기뻐하던 모습을 정확히 표현해낼 글재주가 내게 없다는 것이 유감스러운 일이기는 하다. 다만 따스한 인간의 가슴을 가진 행정, 주민의 아픔을 나의 아픔으로 생각하려는 마음만 있다면 사람의 목숨도 구할 수 있다는 것을 깨달았음을 표현할 정도의 능력은 되는 것이 고마운 일이다.

중앙정부의 지원도 없고, 서울시도 나 몰라라 하는 일에 기초자치단체가 나선다고 될 일이 있겠느냐는 생각만으로는 정작 행정의 도움을 필요로 하는 사람들의 문제를 해결할 방법이 없다. 틈새가 있다면 무슨 일이 있어도 그 틈새를 메워내려는 적극적인 의지가 필요하다. 나를 필요로 하는 곳, 우리를 필요로 하는 곳이 있음을 뻔히 알면서도 그저 손놓고 있을 수는 없는 일이다. 어찌 되었든 한데 어우러져 살아야 할 바로 우리의 이웃들인 것이다.

그 어느 곳보다도 우리 강서구에서 자원봉사활동이 활발하게 펼쳐지고 있는 이유도 바로 함께 나누어야 할 이웃이 많기 때문이다. 같은 이유로 해서 전국의 그 어디보다도 복지행정의 분야에 가장 많은 관심을 쏟아야 할 자치단체가 바로 우리 강서구여야 한다. 강서구청장이 1급인 이유도 바로 그 때문이라는 생각을 하면서 오늘도 틈새를 메우는 일에 최선의 노력을 다하고 있다.

세계화의 출발은 내가 세계 최고를 꿈꾸는 것

　현 정부에서 가장 적극적으로 추진하고 있는 것이 바로 세계화정책이다. 정부 출범 당시에는 국제화를 추진하겠다고 하더니 어느샌가 국제화가 세계화로 바뀌었다. 도대체 둘 사이에 무슨 차이가 있는지는 국제관계 분야를 전공한 전문가의 입장에서도 솔직히 잘 모르겠다.

　기왕에 한 2년 추진해오던 국제화를 세계화로 바꿀 때는 정책기조의 변화가 뒤따라야 할 터인데 구체적으로 도대체 뭐가 바뀐 것인지 알아볼 도리가 없으니 말이다. 또 국제화(Internationalization)나 세계화(Globalization)와 같은 학술용어를 차용할 생각이었다면 학술적 개념과 일치되면 좋겠건만 애초에 그런 것도 아니었지 싶다. 정책기조로서의 세계화는 학술적 개념의 세계화와는 전혀 다른 것이라고 강변하고 있는 것을 보면 말이다.

그럼 도대체 영어로는 어떻게 쓰면 좋겠느냐는 질문에 영어로 세계화는 Segyehwa라고 쓰고 세계화라고 읽으면 된다는데야, 외국의 영영사전에 신조어로 등록할 것을 고려중이라는데야 더 이상 무슨 말을 덧붙이겠는가 말이다.

물론 현 정부가 자초한 용어상의 혼란을 문제삼지 않는다면, 국제화가 되었든 세계화가 되었든 변화무쌍한 국제관계에 능동적으로 대처할 수 있는 역량을 키워야 한다는 정책의 취지만은 백번을 강조해도 모자람이 없다. 아니 오히려 뒤늦은 감은 들지언정 하루라도 빨리 추진되었어야 할 정책이었다는 아쉬움마저 갖고 있는 것이다. 어차피 국제사회와 고립되고서는 살아남을 수 없는 것이 우리의 현실이기 때문이다.

이제 우리는 스스로 원하든 원치 않든 어쩔 수 없이 국제사회의 일원이 되어 있다. 그렇기에 국제사회가 요구하는 구성원으로서의 자격을 갖출 필요가 있는 것이다. 제대로의 자격을 갖추지도 못한 채 국제관계에 휘말리다 보면 결국 주도권을 상실하고 경쟁에서 패배할 수밖에 없음은 너무나도 분명한 일이다.

또 하나 분명한 일은 자격을 갖추어 경쟁력을 확보하는 것이 비단 국가만의 과제가 아니라는 점이다. 과거의 국제관계가 국가 중심으로 이루어지던 것과는 달리 오늘날의 국제관계 속에서는 국가만이 아니라 사회 각 부문, 기업, 개인 모두가 행위의 주체가 되고 있는 것이다. 결국 국제경쟁력을 키워내는 일은 우리 모두의 과제가 될 수밖에 없다. 이런 점에서 나는 세계화라는 것이 국가의 정책기조이기에 앞서 차라리 사회적 운동이어야 한다는 생각을 갖고 있다.

강서구의 세계화 전략 성공사례

여기에는 지방자치단체도 결코 예외일 수 없다. 물론 얼핏 생각해보면 지방자치와 세계화는 별로 관련성을 찾기 어려운 주제일지도 모른다. 그러나 지방자치단체 차원에서도 얼마든지 세계화 추진운동에 적극 참여할 수 있는 방법들을 마련할 수 있다.

이런 점에서 우리 강서구가 전국 최초로 추진한 공무원 해외배낭여행은 지방자치단체 차원에서 추진하는 세계화 전략의 성공사례로 기록될 만하다. 사실 나는 정부가 공식적으로 세계화정책을 천명하기 전부터도 이미 오랫동안 이 주제를 생각해왔다. 국제관계 분야를 전공한 학자로서 나름대로의 소명의식을 갖고 있었던 것이다.

이런 문제의식 속에서 바라볼 때 개인적 차원의 세계화는 국제사회에 대한 친밀감과 소속감, 또 이에 따른 국제적 감각을 키우는 쪽으로 방향을 잡아야 한다는 생각을 갖고 있었던 것이다. 그래야 국제사회에 나아가서 자신감을 가질 수 있는 것이다. 그러나 생각해보면 이런 측면에서 가장 취약한 것이 바로 지방공무원들이다. 업무상 해외출장의 기회도 거의 없을 뿐 아니라 개인적으로 해외여행의 기회를 만들고자 하는 공무원들도 별로 찾아보기가 힘든 것 같다. 비용도 비용이지만 무엇보다도 의사소통에 대한 불안감들을 저마다 갖고 있기 때문이라는 추측을 해볼 수 있을 것이다.

결국 지방자치단체에서 근무하는 공무원들은 국제사회에 대한 친밀감이며 자신감을 키울 기회가 없고, 필연적으로 국제적 감각마저도 상실하고 있는 것이다. 그러니 국제사회 구성원으로서의 자격을 갖추지 못한 공무원들을 이끌고 지방자치의 세계화를 추진할 수는 없는 일이다. 자치단체 차원의 본격적인 세계화를 추진하기 위해서는 먼저 개인적 차원의 세계화가 필요하다. 그 수단의 하나로 생각한 것이 바로 공무원들의 해외배낭여행이었다.

어차피 공무원들에 대한 연간 연수비용이라는 예산이 있었기에 비용의 절반을 본인이 부담하는 조건이라면 굳이 추가예산이 필요한 것도 아니었다. 그러나 이런 조건을 내걸고 9박 10일의 배낭여행을 실시할 테니 신청을 하라는 공고가 나갔음에도 처음에는 거의 희망자가 나타나지 않았다. 안내원을 두고 패키지 투어를 하는 관광여행도 아니고 말도 안 통하는 곳에서 지도 한 장 들고 열흘을 돌아다니는 프로그램이 상당히 막막하게 느껴졌던 모양이다. 결국 자신감이 없었던 것이다.

우여곡절 끝에 50명의 배낭여행 제1진이 구성되었을 때, 나는 쓸데없는 출장보고서보다는 그저 현지의 모든 것을 체험해보는 것이 중요하다는 이야기로 그들의 출발을 격려했다.

다만 하루의 시간을 내어 현지의 관공서만은 반드시 방문해보도록 했을 뿐이다. 국제화시대의 경쟁상대인 외국의 공무원들이 어떤 식으로 일을 하는지 눈으로 보고 직접 겪어보는 것이 중요했기 때문이다. 그것만을 보고 와도 배낭여행의 취지는 달성될 수 있을 터였다.

열흘 만에 돌아온 공무원들은 모두들 대단한 경험을 하고 왔다. 어떤 직원은 하루 종일 관공서의 민원실에 앉아 외국의 공무원들이 어떤 식으로 민원인들을 대하는지 관찰했다고 한다. 무슨 말을 하는지는 잘 모르겠지만 도무지 짜증을 내거나 건성건성 일을 처리하는 모습을 볼 수 없어 내심 부끄럽더라는 소감을 말하는 그 직원은 틀림없이 국제적 수준의 민원처리 자세를 갖게 될 것이다.

어떤 직원은 일부러 불편사항을 제기해보기도 했다고 한다. 영어를 사용하지 않는 유럽의 한 도시에서 떠듬거리는 영어로 환전의 불편함을 제기했다는 것이다. 상대

공무원은 영어를 할 줄 아는 다른 부서의 직원들까지 동원해서 친절하게 안내를 해주더라는 것이다.

또 어떤 직원은 굳이 누가 시키지도 않았는데 모든 방문지의 가로수 정비상태를 사진으로 찍어오기도 했다. 자신이 맡은 업무가 그 분야였기 때문이다. 교통관리체계며 주차시설들만 골라서 사진을 찍어온 공무원이 있는가 하면 일부러 구매한 상품을 환불해본 직원도 있었다.

도시가 너무나 깨끗한데도 도대체 청소하는 모습을 볼 수가 없어 밤새도록 뜬눈으로 거리에 나가 있었다는 직원도 있었다. 새벽 3시가 되니까 물청소차가 도시 전체를 청소하는 모습을 볼 수 있었다는 이야기이다.

그러나 뭐니뭐니해도 항상 남을 배려할 줄 아는 마음의 여유를 갖고 사는 모습이 가장 부러웠다는 어떤 여직원의 경험담은 배낭여행을 통해서 새삼 깨닫게 된 가장 큰 교훈이 아니었나 하는 생각을 한다.

개인적 차원의 국제화, 세계화라고 하는 것이 바로 이런 것이다. 해외여행 자유화가 되었다고 몸보신여행이나 하러 다니고 외국의 카지노에나 들러서 도박이나 하고 오는 것이 세계화는 결코 아니다. 비행기를 타고 그저 좀 먼 곳을 다녀왔다고 해서 국제사회를 경험했다고 할 수는 없는 일이다. 정말 보고 배울 것을 정하고 경쟁상대의 실상을 직접 겪어보자는 의지가 있을 때 국제사회의 문이 열리는 것이다.

말도 안 통하는 곳에서 열흘 동안 열심히 몸으로 말하고 얼굴 표정으로 대화하면서, 달랑 지도 한 장으로 유럽이며 호주를 누비면서 국제사회에 대한 친밀감도 생기고 자신감도 얻을 수 있었던 공무원들이 이제 우리 강서구에는 적어도 300명이 넘는다. 그들이 몸소 겪으면서 배워온 국제사회의 다양성이 우리 구의 자치행정에 상당 부분 반영되고 있다.

우선은 직원들의 복장부터 달라지고 있으며 민원을 대하는 자세도 상당히 친절해지고 있다. 경쟁상대의 범위가 넓어지고 비교의 기준이 한 걸음 발전하고 있는 것이다.

이런 결과에 고무되어서인지 이제는 아예 제비뽑기를 해야 할 정도로 신청자가 붐비고 있다. 1진을 구성하기는 어려웠지만 그들의 자신감이 폭넓게 확산되고 있는 것이다. 직원들끼리 외국어 회화를 공부하는 팀들도 늘어나고 있다. 구청에서도 강사료를 부담하는 식으로 이런 모임들을 적극 지원하고 있다. 이곳이 바로 세계화의 현장이다.

이런 개인적 차원의 세계화가 있었기에 민관합동의 해외시장 개척단도 눈부신 성과를 거둘 수 있었다. 관내 기업들을 상대로 무작위로 시장개척단을 구성해서 무작정 떠나고 보는 식의 행사 위주의 사업은 기획단계에서부터 배제되었다. 국제사회의 냉엄한 논리를 체득하고 있었기 때문이다.

기왕에 해외시장에 나가기 위해서는 그 시장의 특성을 파악해서 팔릴 수 있는 물건을 들고 나가야 한다. 해외시장에 대한 최대한의 정보를 수집하고, 지역에서 생산되는 상품들의 특성을 모두 파악한 후 상호간에 거래가 이루어질 수 있는 방문지와 상품을 선정하는 것이야말로 성공의 열쇠이다.

우리는 대한무역진흥공사 등 전문기관의 도움을 받아 해외시장에 판로개척을 희망하는 120여 관내 업체들을 대상으로 우선 해외시장 동향 설명회를 개최하였다. 또 지역의 상품 카탈로그를 제작해서 삼성물산 등 대기업의 해외지사에 발송하여 가능성 있는 상품의 선정을 의뢰하였다. 이렇게 해서 시장개척단을 구성하였던 것이다. 또 방문에 앞서 이들 현지 지사를 통해 대대적인 광고전을 전개하였다. 물건을 팔러 가는 것이니 너무도 당연한 사전 준비였다.

이런 준비과정이 있었기에 결과는 대성공이었다. 96년부터 2회에 걸쳐 브라질, 아르헨티나, 폴란드 등 5개국을 순회하면서 수출상담은 3,272만 달러, 계약실적만도 524만 달러라는 엄청난 결과를 얻었다. 이 성과는 기초자치단체 차원에서 추진한 해외시장 개척단 중에서는 최대의 성과였을 뿐 아니라, 웬만한 광역자치단체에서 거둔 성과보다도 훨씬 뛰어난 것이었다. 결국 국제사회의 논리에 충실했던 것이 성공의 관건이었다.

좋은 상품을 생산하면서도 판로가 없어 부도 직전에까지 몰렸던 기업도 개척단의 활동을 통해 새로운 희망을 갖게 되었다. 참여한 기업들은 저마다 비용 이상의 결과를 얻었다고 즐거워했다. 그러나 무엇보다도 가장 큰 성과는 관내 중소기업들이 해외시장을 개척하기 위해서는 어떤 식으로 접근해야 하는지를 익히게 되었다는 점이다. 말 그대로 국제사회의 논리를 익혀 세계화된 기업으로 다시 태어나고 있는 것이다. 지방자치단체 차원에서 추진하는 세계화전략의 또 다른 성공사례이다.

세계화시대의 지방자치

국제사회의 논리를 제대로 익히지 못하고 있었기에 실패한 사례도 있다. 예컨대 외국 자치단체와의 국제적 교류사업과 같은 것이다. 사실 거의 모든 자치단체들이 외국의 자치단체와 자매결연, 또는 우호협정을 맺고 있으며, 지방자치제가 실시되면서 자치단체 차원의 국제적 교류는 점점 더 확대되고 있다. 어쩌면 외국 도시와 협정을 많이 맺을수록 그만큼 세계화되고 있는 것이라고 착각하고 있는지도 모른다.

그러나 유감스럽게도 그것이 세계화는 아니다. 아니 오

히려 세계화를 방해하는 요인이 되고 있는지도 모른다. 사실 외국에서는 협정을 맺는 것을 교류의 시작으로 보는 반면, 우리는 협정 자체를 최종적인 성과로 보고 있는 듯하다.

예컨대 민선구청장으로서 기왕에 자매도시 관계를 맺고 있다는 호주의 펜리스 시를 방문했을 때 나는 엄청나게 당황할 수밖에 없었다. 나는 당연히 펜리스 시를 자매도시라고 부르는데, 상대방은 한사코 자매도시 관계가 아니라 그저 우호협력 관계라고 그 격을 낮추는 것이다.

펜리스 시의 관계자는 우호협력 협정을 맺고 실질적 교류가 확대되고 있어야 자매도시로 관계의 격상이 이루어지는 법인데, 강서구와 펜리스 시는 실질적 교류가 전혀 없었기에 결코 자매도시 관계가 아니라는 것이다. 이런 식이면 우호협력 관계의 격도 오히려 낮추어야 하지 않겠느냐는 말도 덧붙였다.

하기야 국제협력부서를 따로 두고 있을 뿐 아니라 협력 관계에 있는 도시들만 전담하는 직원까지 두고 있는 판에 2년여 동안 실질적 교류가 전무한 상황을 그들은 도저히 이해할 수 없었던 것이다. 담당부서며 전담직원은커녕 펜리스 시에서 보낸 전문이나 편지에 대한 답장 한 번 제대로 하지 않았다는데 무슨 변명을 할 수 있겠는가?

국제적 교류사업이란 항상 상대가 있는 법이다. 그런데

교류를 하자고 협정을 맺는 상대에게 이제 협정을 맺었으니 더 이상 할 일이 없다는 식이라면 세계화는커녕 빈축의 대상만 될 뿐이다. 그야말로 한수 제대로 배운 것이다.

이런 교훈이 있었기에 중국의 초원 시나 바르샤바의 베베르 구 등에서 교류협력 의사를 타진해올 때도 신중할 수밖에 없었다. 실질적 교류관계를 추진할 수 있는 상대인가, 또 그런 교류관계를 통해서 상호이익을 보장할 수 있으며, 우리측의 추진력은 어느 정도인가를 면밀히 생각해보지 않을 수 없었기 때문이다.

이런 판단으로 상대 도시들이 자매관계의 협정을 요구할 때도 나름대로는 우호협력 관계의 협정부터 시작하자고 할 수밖에 없었던 것이다. 협정관계가 많을수록 좋다는 것은 성과를 위주로 하는 우리식 논리지 국제사회의 논리는 아니기 때문이다.

세계화시대의 지방자치, 또는 지방자치의 세계화를 위해서는 실질적인 해외활동, 국제교류를 늘려나가는 것도 중요하지만 무엇보다도 행정력의 낭비를 줄여 자치단체의 생산성을 높이는 것이 우선되어야 한다. 물론 행정의 비효율성을 타파하자는 것은 굳이 세계화라는 거창한 말머리를 달지 않더라도 무엇보다도 시급히 추진해야 할 과제이다.

그럼에도 불구하고 세계화, 또는 국제화를 이야기하는

것은 바로 경쟁상대를 국내에 한정시키지 말고 전세계로 확대하자는 것에 다름 아니다. 국내 최고를 지향할 것이 아니라 세계 제일을 목표로 삼아 비교의 기준을 높이자는 것이다.

이런 취지에서 우리 강서구는 전국 최초로 강서구의 행정업무에 대해서 국제표준기구(ISO)로부터 인증을 받는 사업을 추진하고 있다. ISO의 기준에 맞출 수 있도록 행정 업무에서 발생하는 비효율성을 제거하는 작업과 함께 담당 공무원들에 대한 재교육이 이루어지고 있다. ISO의 인증을 받으면 국제적 수준의 평가기준으로 강서구의 행정을 부단히 평가하고 개선해나가야 하기 때문이다. 바로 행정의 효율성을 국제적 수준으로 끌어올리기 위한 작업이다. 이 작업이 성공적으로 이루어지면 행정에서의 낭비 요인도 줄어들 것이고, 강서구의 주민들은 국제적 수준의 행정 서비스를 제공받을 수 있을 것이다.

그러나 나는 또 한편으로 이런 생각도 한다. 굳이 세계화를 의식하지 않더라도 본연의 임무에 최선을 다한다면 바로 그것이 세계화를 추진하는 것이 아니겠는가 하는 생각이다. 국제관계가 국내사회의 제반관계에 영향을 미치고 있는 상황에서 저마다 국제적 감각을 갖추는 일은 세계화가 아니더라도 너무나 당연한 일이다.

제대로 된 상품을 만들어 국내가 되었든 해외가 되었든

제값을 받고 팔기 위해서 노력하는 것 역시도 굳이 세계화라는 명분을 붙일 것도 없이 너무도 당연한 기업 본연의 업무이다. 공무원들이 저마다 맡은 바 임무에 충실하고 있다면 굳이 국제적 업무수행 기준을 들여와 평가하지 않더라도 행정의 효율성은 올라갈 수밖에 없는 것이다.

이런 점에서 세계화는 이제까지 없던 것을 새로 시작하자는 것이 아니라 그 동안 제대로 하지 못했던 일들을 제대로 해보자는 것이라고 나는 생각한다. 그것이 어쩌면 세계화의 의미를 가장 올바르게 해석하는 것일지도 모르겠다.

최고의 행정은 곧 최고의 경영이다

버스 전용차선제를 도입하고 나서 서울시내의 교통흐름이 눈에 띄게 원활해졌다는 발표가 있었다. 전문가가 아니어서 어떤 식으로 그 결과치를 산출하는지는 잘 모르겠지만 분석자료에는 구체적인 수치들까지 인용되어 있었다. 교통흐름이 원활해진 정도는 몇 퍼센트이며, 시간적으로는 얼마나 절약할 수 있었는지, 또 그로 인해 비용절감 효과는 얼마나 되는지에 대한 자세한 수치들이 나열되어 있었던 것이다.

그 계량화된 수치들을 보면 누구라도 전용차선제가 정말로 효과적인 방안이라는 결론을 내릴 수밖에 없을 것이다. 나 역시도 어차피 전문가들에 의해 객관적으로 작성된 그 분석보고서에 이의를 제기할 입장은 되지 못한다.

다만 아쉬운 것은 그 보고서 어디에도 전용차선제 실시에 투입된 비용의 문제는 거론되어 있지 않았다는 점이다. 예컨대 도로표시선의 도색비용이나 감시차량 및 장비의 구입비용이야 큰 비중을 차지하는 것은 아니라 할지라도, 하루 종일 현장에서 위반차량을 적발하는 감시원들의 인건비 정도는 전체적인 경제효과를 분석함에 있어서 적지 않은 영향을 미칠 수도 있는 액수였을 것이다.

어차피 공익요원들을 주로 투입하였으니 인건비 부담이 얼마 되지 않는다는 반론을 제기할 사람도 있을 것이다. 그러나 비용이란 금전적으로 지출되는 것만은 아니다. 소위 기회비용이라는 것이 있는 것이다. 이 인원을 행정의 다른 분야에 투입해서 얻을 수도 있었을 효과가 충분히 예상되기 때문이다.

물론 이 분석자료에 기회비용에 대한 언급이 없었던 것은 말할 필요도 없는 일이다. 한마디로 투입된 비용은 도외시한 채 산출되는 효과만을 나열한 반 쪽짜리 분석이다.

어차피 행정이라는 것이 전부 이 모양이다. 비용분석은 도외시한 채 결과만을 생각하는 것이다. 행정의 목적 자체가 공익의 극대화에 있는만큼 그 목표를 달성할 수만 있다면 비용은 큰 문제가 아니라는 식이다. 어차피 내 돈 드는 것도 아니니 국민 세금으로 돈잔치나 벌이자는 심사인지.

행정의 목적이 공익의 극대화에 있다는 것은 물론 맞는 말이다. 또 공익의 달성을 위해서 비용이 투입될 수밖에 없다는 것도 당연한 일이다. 그러나 기왕에 공익을 추구한다 하더라도 가능한 한 그 비용을 줄이려는 노력이 필요하다. 또 같은 비용이라면 더 많은 사람들이 혜택을 볼 수 있도록 효율성의 문제를 진지하게 고민하는 자세가 필요하다. 이른바 경영마인드를 갖춘 행정을 펼쳐나가야 한다는 것이다.

최소의 비용으로 최대의 공익을

지난 자치단체장 선거에서 으뜸가는 화두는 바로 경영행정이라는 주제였다. 후보로 나선 분들은 거의 예외없이 모두들 경영행정을 펼치겠다는 선거공약을 제시하시곤 하였다. 공익의 극대화를 추구하는 행정의 영역과 수익의 극대화를 목표로 하는 경영의 영역을 하나로 조화시키는 새로운(?) 방식의 필요성을 모두들 역설하셨던 것이다.

비용을 줄이고 산출을 높이는 것이야 행정이든 경영이든 마찬가지로 추구해야 하는 목표이기에 전혀 새로운 방식일 수 없음에도, 굳이 모든 분들이 경영행정을 으뜸의 주제로 삼은 것은 그 동안의 행정이 비용에 대해서는 별다른 고민을 하지 않았다는 것을 역설적으로 증명해주고 있는 것이다.

예컨대 일년 내내 파헤쳐지는 도로공사의 낭비적 요인을 없애보려고 구청장 업무를 시작하자마자 관련기관간에 공사시기를 사전에 조율해보려고 시도한 적이 있었다. 상하수도 공사며 도시가스공사, 지중선 매립공사들이 한 번에 이루어질 수만 있다면 그만큼의 공사비용과 시간을 절약할 수 있으리라고 생각했기 때문이다. 기왕에 관련부서 간에 지하매립도면이라도 서로 교환할 수 있다면 안전에도 도움이 될 수 있으리라고 판단했던 것이다.

그러나 이런 취지의 협조공문에 회신이라도 보내준 기관은 거의 없었다. 그나마도 예산상 이유로 공동공사는 불가능하다는 정도였으니 협의 자체가 불가능했던 것이다. 예산에 맞추어 시설만 하면 그뿐이고 비용을 절감하는 것은 자기 일이 아니라는 식이다.

하기야 동청사를 개조하면서 문화센터를 조성할 때도 예산지출부서가 다르다는 이유로 따로따로 시공해야 하는 경우도 있었다. 공동으로 시공하면 공사비가 절감될 뿐만 아니라 공간배치의 활용도 훨씬 좋아졌을 텐데 말이다.

모로 가도 서울만 가면 된다고 비용이야 얼마가 들든 문화센터 짓기는 마찬가지라는 것인지. 경영마인드는커녕 공익에 대한 최소한의 배려도 없는, 단지 행정을 위한 행정이 펼쳐지고 있는 것이다.

물론 무조건적인 비용절감만이 경영행정의 요체는 아니다. 비용을 절감해야 한다며 해야 할 일도 제대로 하지 않는 우를 범해서는 안 된다. 예컨대 국가경쟁력을 강화해야 한다는 이유로 예산의 10퍼센트를 무조건 절약하라는 식의 앞뒤 없는 행정이 벌어져서는 안 된다는 것이다. 10퍼센트를 절감할 수 있는 예산이었다면 애초에 편성 자체가 잘못된 것이다. 그 예산을 그대로 사용했다면 국민 세금의 10퍼센트를 그냥 낭비하고 만 것이 아닌가 말이다.

　경영행정이란 낭비요인을 찾아내서 그 비용을 절약하자는 것이지, 낭비요인은 그냥 방치한 채 그저 지출행위만을 줄이자는 것은 아니다. 그렇다면 사업의 시행시기를 늦추는 것말고는 아무것도 아니기 때문이다.

　때로는 행정비용을 절감하자는 취지의 사업을 잘못된 방향으로 추진해서 오히려 행정비용을 가중시키는 경우도 있다. 대표적인 경우가 바로 유행이 되다시피 하고 있는 청소 민영화사업과 같은 것이다. 취지는 민영화를 통해서 행정부문의 적자 폭을 줄이자는 것인데 사업은 넘겨주고 적자는 고스란히 떠안는 식으로 추진하고 있다.

　민영화의 정도에 맞추어 불필요한 인력과 장비를 감축할 수 있어야만 비용절감의 효과를 얻을 수 있는데, 인력과 장비는 그대로 놓아둔 채 사업장만 떼어주는 우를 범하고 있었으니 오히려 적자가 가중될 수밖에 없는 것이 당연하다. 기존 인력의 인위적인 감축은 곤란하니 신규채용을 하지 않고 자연감소를 기다리자는 것만으로 임시방편을 삼았다면 민영화 역시도 그만큼만 떼어주는 식으로 추진했어야 비용절감이 가능했을 것이다.

그런데 이런 와중에서도 민영화의 추진실적을 수시로 보고하라는 상부기관의 지시까지 있었다니, 비용절감이라는 취지는 사라지고 민영화를 위한 민영화사업만 남게 되었던 것이다. 그러니 수익성이 높은 공동주택단지 지역 등을 우선적으로 떼어주는 식으로라도 우선 민영화의 비율을 높일 수밖에. 비용절감을 하자는 것이 아니라 민영화의 추진실적을 경쟁하자는 것이었으니 말이다.

이른바 경영행정이라고 하는 것은 경영기법을 행정에 도입하는 것이라고 오해하는 경우도 있다. 예컨대 벤치마킹(Bench Marking)과 같은 경영기법을 도입한다고 하면서 남의 아이디어나 베껴먹는 것을 벤치마킹이라고 강변하는가 하면, 과의 명칭 몇 개를 바꾸거나 부서 조정 정도로 공무원 조직을 리스트럭처링(Restructuring)했다고 자랑하는 경우도 있다.

심지어 애초부터 정원이며 직제가 법적으로 정해져 있는 공무원 조직을 대상으로 다운사이징을 해야 한다고 나서는 웃지 못할 촌극도 발생하곤 한다. 경영마인드가 없이 경영기법 몇 가지만을 행정의 영역에 도입한다고 해서 경영행정을 펼친다고는 할 수 없다.

심지어 경영행정의 요체는 수익사업을 많이 벌여나가는 것이라고 착각하는 경우도 있다. 물론 수익사업을 통해서 재정의 건실화를 이룰 수 있다는 것을 문제삼을 수는 없는 일이다. 그러나 수입 자체가 목적이라면 이것은 행정이 아니라 말 그대로 경영일 뿐이다. 수익의 극대화를 추구하는 것은 경영의 목표이지, 그 자체만으로는 결코 행정이 추구하는 목표가 될 수 없기 때문이다.

특히 자치단체가 펼쳐나가야 하는 수익사업은 사실상 공익의 욕구를 충족시켜줄 수 있는 분야에 한정되어야지, 돈이 된다고 해서 민간부문이 할 수 있는 사업의 영역까지 침투해서는 곤란하다.

예컨대 최근 몇몇 자치단체가 추진하고 있는 해외개발 사업과 같은 경우는 과연 지역주민의 세금으로 추진할 수 있는 사업인지 모를 일이다. 그런 논리라면 강서구의 교통시설관리공단이 수입을 올리기 위해서 영등포나 강남의 목 좋은 주차장을 입찰할 수도 있으며, 극단적으로는 예산을 가지고 부동산에 투자하거나 고리대금업도 할 수 있다는 모순에 빠질 수 있기 때문이다.

경영은 행정과 다르다. 또 경영행정은 경영마인드를 가지고 행정을 하자는 것이지, 행정수단을 이용해서 경영을 하자는 것이 결코 아니다. 결국 공익을 추구하는 것이 기존의 행정논리였다면 공익의 극대화를 꾀하자는 것이 자치행정의 새로운 지침이요, 기왕이면 최소의 비용으로 최대의 공익을 제공하자는 것이 바로 경영행정의 요체라고 나는 생각하고 있다. 이런 점에서 경영행정이란 결코 거창한 것도 아니고 새로운 것도 아니다. 다만 기존의 사고에 비용의 문제를 한 번 더 생각해보는 것, 경영마인드를 갖고 그 동안의 행정을 돌아보는 것만으로도 충분히 이루어질 수 있는 것이다.

예를 하나 들어보자. 우리 강서구에서는 매월 배부되는 반상회보의 기본 포맷을 변경하여 〈강서까치뉴스〉라는 타블로이드판 구정신문을 월간으로 제작, 배부하고 있다. 과거의 반상회보가 A4지 크기의 갱지에 단순한 공보사항만을 전달하는 매체에 불과했다면 16면의 〈강서까치뉴스〉는 내용이나 형식면에서 그 어디에 내놓아도 손색이 없는 주민들의 읽을거리로서 호평을 받고 있다.

기왕에 있었던 반상회보를 재질을 바꾸고 증면을 하는 것만으로 그쳤다면 공익적 측면만을 고려한 사업이 되었을 것이다. 그러나 경영마인드가 있었기에 나는 이 증면된 신문에 일반 광고를 게재하는 방식으로 추가비용의 문제를 해결할 수 있었다.

물론 과거의 반상회보 형태의 팸플릿에 광고를 게재할

광고주는 없을 것이다. 그러나 〈강서까치뉴스〉 정도의 수준이 되면 광고주를 찾기가 그리 어려운 일은 아니다. 적어도 한 달에 한 번 가장 확실하게 주민들에게 전달되는 매체일 뿐만 아니라 질적인 측면에서도 주민 모두가 즐겨 읽는 지역신문의 역할을 하고 있기 때문이다.

공익의 극대화를 생각하지 않았다면 반상회보의 증면 따위야 생각도 하지 않았을 일이지만 광고의 게재라는 방법을 통해서 추가비용의 문제까지 해결할 수 있었으니 최소의 비용으로 공익의 극대화를 꾀한 경영행정의 한 예라고 할 수 있다.

경영마인드를 갖고 비용의 문제를 생각한다면 언제나 새로운 해결책은 찾아지게 마련이다. 예컨대 앞에서 말한 청소 민영화사업과 같은 경우, 우리 강서구에서는 당장에 민영화 추진실적은 뒷자리에 있었지만 제대로의 취지를 살리기 위해서 오랫동안 근본적인 해결책을 모색해왔다. 청소사업의 수익성 분석이며 직영체제에서는 왜 적자운영이 불가피한지 등등을 장기 연구과제로 삼고 대안마련에 고심했던 것이다.

결론은 직영체제하에서는 인건비 부담이 지나치게 가중되기 때문에 적자가 불가피하다는 것이었다. 물론 인력의 감축 없이 민영화를 추진하는 것은 적자요인을 증가시킬 뿐이라는 결론도 함께 도출되었다.

청소원들을 주주로 삼아 청소회사를 설립해주고 사업권을 보장하는 방식도 대안의 하나로 제시되었고, 기존의 민간업체에 구의 인력을 책임지고 소화시키자는 방안도 모색되었다. 그러나 퇴직 자체를 전제로 하는 대안이었기에 성사될 전망이 없었다.

　결국 새로운 대안으로 제시된 것이, 대행사업을 원하는 업체에 기존의 장비를 인수시키고 인건비 예치금을 받을 수 있도록 하자는 것이었다. 청소사업의 수익성 검토 결과 예치금을 내고도 민간업체의 수익성을 보장할 수 있다는 결론이 낮기에 가능한 일이었다.

　결과적으로 강서구는 98년까지 쓰레기수집 및 운반사업을 1백 퍼센트 민영화하겠다는 계획을 1년 앞당겨 완료함과 동시에 23억 원 이상의 예치금과 장비매각대금을 확보하는 성과를 거둘 수 있게 되었다. 물론 양질의 서비스를 보장하기 위해서 업체평가제를 도입하는 등 민영화에 따르는 부작용을 최소화할 수 있는 방책도 아울러 마련해놓았다. 민영화라는 허울만이 아니라 근본적으로 적자요인을 없애야 한다는 공감대가 형성되어 있었기에 가능한 일이었다.

생각을 바꾸면 세상이 달라진다
　방치된 재원을 효율적으로 사용할 수 있는 방안을 마련

하는 것도 경영행정이 지향해야 하는 목표 중 하나이다. 균형예산을 편성하는 자치단체에도 각종 기금이라든가 특별회계의 재원과 같이 그저 적립만 된 채 제대로 활용되지 않고 있는 재원들이 있게 마련이다.

이를테면 주차장 특별회계에 적립되는 재원은 우리 강서구만 해도 이미 50억 원을 넘어서고 있다. 나는 민선구청장으로 당선되기 전부터 이 재원을 적극 활용하여 지역의 주차문제, 교통문제를 획기적으로 개선하면서도 아울러 그저 일회적으로 사용하기보다는 끊임없이 확대재생산할 수 있는 방법을 연구해왔다.

그 해답은 민간업자에게 위탁관리비나 받고 운영권을 주고 있는 공영주차장사업을 인수할 수 있는 공기업을 설립한다면 가능하다는 것이었다. 문제는 대부분의 지방공기업이 항상 적자의 늪에서 헤매고 있다는 사실이었다. 그러나 전문가집단의 기초조사와 경영수지분석을 통해서 독점적 사업권을 보장받는 공기업이 적자운영되고 있는 것은 사업의 내용이 수익성이 없어서가 아니라 방만하게 운영되고 있기 때문이라는 최종적인 결론을 내릴 수 있었다.

구청장 업무를 시작하고서도 약 4개월간의 타당성 검토 끝에 사업추진을 결정했음에도, 그 추진과정에서 나는 기초자치단체가 과연 독자적으로 지방공기업을 설립할 필요

가 있겠는가 하는 복지부동론, 서울시에 이미 시설관리공
단이 있으니 절대로 설립허가가 나지 않을 것이라는 회의
론, 그리고 막상 설립이 된다 하더라도 운영상 절대로 성
공할 수 없을 것이라는 패배론을 극복해야만 했다. 심지
어는 구청장 주변의 사람들에게 일자리를 만들어주기 위
한 위인설관이 아닌가 하는 음해론에 시달리기도 하였다.

   그러나 나로서는 확신이 있는 일이었기에 결코 포기하
지 않았다. 결국 지방자치제 실시 이후 전국 최초이면서
구 단위의 기초자치단체로서는 처음으로 설립한 지방공기
업인 강서교통시설관리공단은 설립 첫해부터 흑자경영을
하고 있다. 정상적인 경영이 이루어지기 위해서는 3년 정
도의 기간이 필요할 것이라는 예측을 훨씬 뛰어넘는 성과
를 보이고 있는 것이다.

   이 와중에 공단설립을 계획하고 추진하던 부서의 실무
자들은 전국의 자치단체들에서 쇄도하는 자료요청과 자문
에 응하느라 곤욕을 치르기도 했지만, 경영행정의 모범적
선례를 남겼다는 점에서 나름대로의 보람을 느끼고 있다.
방치된 재원을 활용한다는 적극적인 경영마인드가 있었기
에 가능한 일이었다.

   경영행정이란 전혀 새로운 개념도 아니고 거창한 주제
도 아니다. 기존의 생각을 약간만 바꾸면 되는 일이다. 공
익을 추구하는 것이 기존의 행정논리였다면 공익의 극대

화를 꾀하자는 것이 자치행정의 새로운 지침이요, 기왕이면 최소의 비용으로 최대의 공익을 제공하자는 것일 뿐이다. 다만 그 동안 이 논리에 익숙지 않았을 뿐이다.

그러나 그 약간의 생각을 바꾸는 것만으로도 지극히 참신한 행정을 펼칠 수 있다고 나는 믿는다. 생각을 바꾸면 세상이 바뀌는 법이다. 또 세상이 바뀌면 생각도 아울러 바뀌어야 하는 법이다.

기존의 경직된 사고와 논리를 바꾸면 지방자치에 부합하는 새로운 행정환경을 만들어낼 수 있다. 그러나 그것을 고집하면서 지방자치라는 변화된 세상의 주역이 될 수는 없는 일이다. 강서구의 초대 민선구청장으로서 나는 누구보다도 앞장서서 생각을 바꾸는 일, 세상을 바꾸는 일에 최선의 노력을 결코 아끼지 않을 것이다.

가까이 봐야 잘 보인다는데…

　탐사선 패스파인더 호의 화성 착륙은 암스트롱의 달 착륙만큼이나 인류역사상 위대한 진보의 한 걸음으로 기억될 만하다. 요즘의 서울 하늘에서야 쉽게 찾아보기 힘들지만 예전에는 붉은색 기운이 도는 화성을 밤하늘에서 찾아보는 것이 그리 어려운 일이 아니었다. 약간은 음침하다 싶을 정도의 이 붉은색 별은 태양계의 아홉 행성 중에서 지구를 제외하고는 그나마 외계 생물이 존재할 가능성이 가장 높은 별이라 해서 유달리 큰 관심의 대상이 되어 왔다.

　이미 20세기 초반에 웰스는 화성인의 지구 침략을 다룬 공상과학 소설을 써서 큰 인기를 누린 바 있으며, 화성인의 지구 침략을 알리는 라디오 방송으로 미국인들이 혼비

백산했던 경험도 있는 터이다. 패스파인더 호가 화성 착륙에 성공한 최근에도 화성인의 지구 침공을 다룬 팀버튼 감독의 〈화성 침공〉이라는 공상과학영화가 제법 관객을 모았다는 이야기도 들린다. 그만큼 화성은 언제나 우리에게 흥미진진한 호기심의 대상이 되어왔던 것이다. 그리고 이제 패스파인더 호가 화성 표면에 내려놓은 무인탐사 로봇 소저너의 탐사활동에 힘입어 상상 속의 화성이 과학적 실체가 되어 그 신비의 베일을 벗고 있는 것이다.

물론 그저 눈을 들어 밤하늘을 바라보는 것만으로도 적지 않은 별을 볼 수 있다. 어차피 육안으로 보이지 않는 머나먼 천체일지언정 저기에 그 별이 있을 것이라는 상상만으로도 우주의 광활함을 느끼기에는 충분하다.

좀더 자세히 별을 관찰하고 싶다면 망원경을 사용할 수도 있다. 그러나 보다 더 정확하게 전문적으로 천체를 관찰하기 위해서는 고배율의 천체망원경이 필요하다. 어느 특정 별을 보다 더 자세히 관찰하기 위해서 전파망원경이라는 것도 발명되었다. 반사경을 우주공간에 설치하는 방법도 보다 자세한 관측을 통해서 우주의 신비를 벗겨보려는 인류의 염원에 따라 개발되었다.

그러나 그것만으로는 인간의 지적 호기심을 충족시킬 수 없다. 화성의 신비를 밝혀보려는 노력은 육안으로, 망원경으로, 고배율의 천체망원경으로, 그리고 급기야는 화성에 직접 가보는 방식으로 발전되어왔다. 화성의 지표면에서 왕성하게 탐사활동중인 소저너 로봇은 이미 700권 분량의 책을 엮어낼 수 있을 만큼의 사진자료를 전송해왔을 뿐 아니라 앞으로도 화성의 실체를 밝혀줄 수 있는 막대한 양의 정보를 인류에게 전해줄 것이다.

무인탐사 로봇 소저너는 광활한 우주 전체를 많이 보고 멀리 보기 위한 목적으로 제작된 것은 아니다. 오히려 화성이라는 특정한 별을 자세히 보고 확실히 알기 위해서 만들어진 것이다. 소저너 로봇을 화성에 보낸 과학자들은 가까이서 볼수록 그 실체적 진실을 규명할 수 있다는 또 다른 진리를 확신하고 있었음에 틀림없다.

막연한 추측, 그럴 듯한 가설들이 수도 없이 제기된다 하더라도 소저너가 전송해온 그 한 장의 황량한 화성 사진이 보다 더 확실한 화성의 모습을 말해주고 있음은 어찌 보면 당연한 일이라 아니 할 수 없다. 가까이서 본 것이기 때문이다. 바로 그 자리에 있었기 때문이다.

소저너 로봇처럼 직접 현장에서

최근에 우리 강서구에서는 전국에서 최초로 행정역평가라는 것을 실시하였다. 행정조직 체계상 상부기관이라 할 수 있는 구청의 업무를 동사무소의 직원들이 평가해서 문제점을 지적하고 그 대안을 마련토록 하는 제도이다.

아무래도 22개 동 53만 강서구민을 대상으로 하는 행정을 펼침에 있어서는 전체적인 보편성, 일반성의 원칙을 개별지역의 특수한 여건보다 우선적으로 생각하게 마련이다. 그러다 보니 경우에 따라서는 지역여건과 동떨어진 행정의 양태가 나타날 수도 있고, 또 경우에 따라서는 정책수립 단계에서는 전혀 예상할 수 없었던 새로운 문제들이 발생하기도 한다.

결국 이러한 지역적 특수성이나 집행시에 야기되는 제반 문제들을 정확히 파악하기 위해서는 현장에서의 실제 경험이 무엇보다도 중요하다. 가까이서 보아야 더 잘 볼 수 있다는 평범한 진리가 행정의 영역에서도 예외없이 적용될 수밖에 없다고나 할까.

그러나 행정역평가를 실시하기로 결정하였음에도 불구하고 이 전례 없는 파격적 시도에 대한 일선 공무원들의 반응은 그리 탐탁한 것이 아니었다. 하부기관으로부터 평가를 받아야 할 입장이 된 구청의 공무원들이야 그렇다 치더라도 막상 평가의 주체가 될 동사무소 직원들마저도 선뜻 내키는 기색이 아니었던 것이다.

제도의 취지와 필요성에 대해서는 모두들 공감하는 편이었지만, 과연 그 역평가의 결과가 얼마나 구 행정에 반영될 수 있을까 하는 회의 반 냉소 반의 시각들을 갖고 있는 것이었다. 어떤 직원은 문제점을 많이 지적하면 지적할수록 평소에 동사무소의 업무를 적극적으로 챙기지 못한 결과로 비추어지는 것이 아니냐는 의문을 제기하기도 하였고, 심지어는 너무 적나라하게 문제점을 지적하다가 혹시라도 인사상 불이익을 당하는 것이 아니냐고 호소하는 직원도 있었다.

워낙에 기왕의 행정관행이 상부기관으로부터의 일방적인 지시와 감독만 받는 수동적인 업무처리 방식뿐이었으니 이런 의문이 제기되는 것도 어찌 보면 당연한 일일 수 있다.

이런 문제들이 제기되고 있었기에 행정역평가를 실시하면서도 그저 의례적인 일회성 행사로 전락하지나 않을까, 상투적이고도 고답적인 내용들로 하나 마나 한 평가가 되는 것은 아닐까 나름대로는 적지 않은 고민을 하지 않을 수 없었다. 그러나 일주일 간의 행정역평가 기간이 지나고 나온 평가결과는 실로 기대치 이상이었다.

행정역평가의 결과

행정역평가의 중점 평가대상이 된 분야는 구청에서 주관하는 각종 행사의 문제점, 구 및 동의 공공시설물 이용 현황과 실태, 구청이 발주한 각종 공사의 문제점, 그리고 주민생활과 밀접한 연관을 갖는 각종 제도의 개선점 등 총 네 개 분야였다.

솔직히 평가의 결과가 너무 신랄하기에 가슴 시린 구석이 전혀 없는 것도 아니었지만 지적된 문제점들의 대부분이 자못 고개를 끄덕이지 않을 수 없는 것들이었으며, 제시된 대안들에 대해서는 무릎을 치며 공감하지 않을 수 없었다.

예를 들어 마을버스 정류장의 안내표지판에 노선을 명시하도록 요구하는 지적 같은 것은 마을버스 노선을 심의하고 승인해주는 구청 교통행정과에서는 일일이 확인을 하지 않고 넘어가던 사항이었다. 사소하다면 사소한 것일 수 있겠지만 마을버스를 이용하는 주민들의 입장에서는 노선이 명시된 정류장 안내판을 통해서 커다란 편의를 제공받을 수 있다. 결국 가까이서 자세히 볼 수 있었던 현장경험이 없었다면 생각조차 할 수 없는 문제의식이었던 것이다.

또 다른 예로는 구의 중점시책으로 추진되어온 버스 정류장 주변에 자전거 보관대를 설치하는 문제이다. 보편성과 일반성의 원칙에 따라 학교 주변 정류장에 자전거 보관대를 일괄적으로 설치하였지만 지역에 따라서는 보편성보다는 지역의 특수성이 보다 중요하게 작용할 수 있는 것이다.

관내 가양3동에 설치된 자전거 보관대는 학교 주변에 설치되어 있음에도 불구하고 이용실적이 전무하다는 지적도 있었다. 차라리 입지선정 자체를 구청에서 일괄적으로 하기보다는 동사무소에 맡기는 것이 주민들의 수요에 부응할 수 있는 최선책이라는 대안도 함께 제시되었다.

일괄 설치공사를 끝내고는 그것이 제대로 사용되고 있는지 아닌지를 확인하지 않고 있던 구청 담당부서는 그야말로 한방 제대로 맞은 격이었다. 일반적인 생각과 막연한 추측보다는 가까이서 지속적으로 관찰한 결과가 보다 더 적실성이 있음을 보여주는 평가사례였다.

공공청사 건물의 설계에 대한 문제점도 지적되었다. 공중화장실과 같은 도시 기본시설을 충분히 확보하기가 그리 쉽지 않은 상황에서 공공청사의 화장실을 24시간 개방할 수 있도록 도로변으로 배치하는 청사 건물의 설계변경을 요구하는 지적이다. 노인정의 위치는 노인들의 이용편의를 도모하기 위해서 1층에 있어야 하는 게 너무도 당연한데 행정편의적 발상에서 2층에 위치토록 한 그간의 무신경을 질책하는 지적도 있었고, 동별로 배정되는 경로잔치 예산도 거주하는 노인 수에 비례해서 예산이 분배되어야 한다는 지적도 있었다.

특히나 소년·소녀 가장을 위한 위로금을 전달하는 행사에서 전달하는 위로금보다는 그 행사 자체를 위해서 지출되는 비용이 더 많은 것이 아니냐는 지적은 너무도 뼈아픈 평가사례라고 할 수 있다.

구청에서 일괄적으로 계약해서 시행하는 각종 공사의 경우 그 내용이 사전에 동사무소에 정확히 전달되지 않아서 지역민원에 효과적이고 신속하게 대응할 수 없었음을 지적한 문제점은, 소위 상부기관의 우격다짐식 밀어붙이기를 하부기관이 어떤 식으로 평가하고 있는지를 잘 말해주는 대표적인 평가사례라고 할 수 있다.

이 문제를 지적한 직원들은 도로공사를 허가하거나 준공검사를 할 경우 이 내용을 구청에서 일방적으로 처리하지 말고 동사무소의 토목직원을 경유토록 할 것을 제안하고 아울러 공사 사전예고제와 사업설명회를 요구하는 등 상당한 문제의식을 갖고 이 문제에 접근하고 있음을 보여주고 있었다.

이밖에도 쓰레기 수거방식의 문제점이나 쓰레기 투기를 단속하는 방식의 개선 등 주민생활과 밀접히 연결되어 있지 않고는 결코 문제의 본질을 이해할 수 없는 현장의 목소리들이 생생하게 역평가의 지적사항에 담겨져 있었다.

행정역평가의 결과가 분석되고 나서 구청직원들의 반응은 하나같이 정말 많은 것을 배울 수 있었다는 것이었다. 막연한 추론과 그럴 듯한 가능성보다는 현장에서의 문제의식이 보다 나은 정책을 배태할 수 있는 기반이라는 것을, 현장의 중요성, 가까이 갈수록 더 잘 보인다는 평범한 진리를 경험으로 체득하게 된 것이다.

아울러 하부기관인 동사무소 직원들도 역평가의 기회를 통하여 그 동안의 수동적이고 소극적인 업무자세에서 탈피하여 적극성과 창의성, 그리고 그 무엇보다도 공무원으로서의 자긍심을 느끼게 되었다고 행정역평가 제도 자체를 평가하였다.

첫 번째 역평가는 4개 분야에 한정해 실시하였지만 이러한 성과를 바탕으로 앞으로는 주기적으로, 그리고 보다 광범위한 분야의 역평가 및 부서간 평가, 직원간의 수평평가 등도 실시할 예정이다.

화성을 알기 위해 막대한 예산을 들여 화성으로 찾아가는 과학자들에게는 과학자로서의 사명감이 있듯이 국민의 복리증진을 위한 행정업무를 수행하는 공무원들에게는 주민들의 삶의 현장으로 다가가는 공무원으로서의 사명감이 있어야만 한다. 부디 가까이 갈수록 더 잘 볼 수 있다는 이 평범한 진리가 우리 강서구의 자치행정에서만 통용되는 것이 아니라 서울시에서도, 그리고 중앙정부의 각 부서에서도 통용되기를 아쉬운 마음으로 기대해본다.

지방자치평가 유감

이따금 거리를 지나다 보면 '경축 최우수 지방자치단체 상 수상'이니 '경축 전국에서 제일 살기 좋은 자치단체 선정'이니 하는 플래카드가 붙어 있는 것을 보곤 한다. 물론 우리 강서구에 붙어 있는 플래카드는 아니다. 적어도 우리 강서구가 그토록 명예로운 상을 받았다면 명색이 구청장인 내가 모를 수 없는 일이기 때문이다.

그런데 솔직히 더 모를 일은 누가 어떤 기준으로 저런 상을 수여하는 것일까 하는 점이다. 도대체 어떤 근거로 서울의 25개 기초자치구의 등수를 매기는 것이며, 전국의 230개 자치단체의 순위를 정할 수 있다는 것인지 그 발상이 의심스러울 뿐이다. 심지어 모 언론기관에서는 몇몇 학자들의 추천을 받는 형식으로 평가대상 자체를 제한하는 경우도 있었다니 상을 못 받았다고 분해 하기보다는 차라리 웃고 넘기는 것이 속편할 일이다.

좌우간에 그런 상을 받았거나 1등으로 평가된 자치단체에서야 나름대로의 자랑스러움이 있었기에 저런 플래카드도 내거는 모양이겠지만, 그런 상을 받지 못했기 때문에 공연히 시비를 걸고자 하는 것은 분명 아님을 먼저 밝히면서 지방자치평가에 대한 나름대로의 생각을 말해보고자 한다.

잘못된 애정표현

각 언론사에서는 매년 각종 조사기관이나 학계와 공동으로 지방자치단체를 평가해서 그 평가결과를 보도하곤 한다. 지방자치 전반에 대해서 평가하는 기관도 있고, 특정한 분야만을 선정해서 평가하는 기관도 있는 듯하다. 그리고 이런 평가결과들을 적당한 시기에 보도하기도 하고, 이 평가에 근거하여 시상도 하는 모양이다.

연례행사처럼 매년 세세한 항목에 이르기까지 자치행정의 변화하고 있는 모습을 추적하는 것은 그만큼 지방자치에 대한 전국민적 관심이 높기 때문일 것이다. 어쨌거나 고마운 일이다. 애정이 있어야 관심도 생기는 법이고, 그러한 애정과 관심이 있어야만 민주주의의 요람이라는 지방자치제도가 건전하게 육성되고 조기에 정착될 수 있을 것이니 말이다.

그러나 애정의 표현방식이 잘못되고 관심의 방향이 잘못되어 있다면 이러한 뒤틀린 애정과 관심은 차라리 없느니만 못할 때가 있다. 우선 전국의 자치단체들의 평가결과를 수량화해서 그 점수대로 서열을 정할 수 있다고 하는 그 사고방식의 문제이다. 수평비교가 가능한 항목들이야 그렇다 치고 결코 계량화할 수 없는 사회지표들이나 도저히 수평비교를 할 수 없는 항목들을 어떻게 점수로 환산하고, 또 이를 근거로 자치단체간의 순위를 정할 수 있다고 생각했는지 도저히 나로서는 이해할 수 없는 일이다. 한 번도 그런 상을 수상하지 못한 자치단체의 장의 입장에서가 아니라 10여 년간 사회과학을 전공한 연구자의 입장에서 이해할 수 없다는 이야기이다.

이를테면 자치행정에 대한 주민들의 만족도와 같은 경우는 계량화가 가능하다 하더라도 수평비교는 불가능한 항목이다. 애당초 행정수요가 그리 많지 않은 지역일 경우 행정업무에 대한 만족도는 상대적으로 높을 수밖에 없을 것이고, 행정수요가 과다한 지역에서는 당연히 만족도가 떨어질 수밖에 없기 때문이다. 이를 수평비교하기 위해서는 납득할 수 있는 가중치를 두어 변수들을 통제해야 하는 것이 당연한 일이다. 이러한 작업 없이 만족도만을 수평비교하여 순위를 정한다는 것은 어불성설이다.

또 다른 예로 계량화도 가능하고 수평비교도 가능하지만 도대체 왜 그런 비교를 해야 하는 것인지 그 의미를 알 수 없는 항목들도 있다. 예를 들어 주민 1인당 공원면적이라든가, 지역내 문화시설, 체육시설의 수라든가, 주민 1천 명당 공무원의 수와 같은 사회지표들은 이미 계량화도 되어 있을 뿐 아니라 그 수치로 수평비교가 가능한 항목들이다. 그러나 이를 수평비교해서 등수를 정하는 것이 의미가 있으려면 소위 프로야구에서의 신인지명제도와 같은 방식을 전제로 할 때만이 가능하다.

아시다시피 한국 프로야구에서의 신인지명권은 그 전해의 페넌트레이스의 역순으로 주어진다. 꼴찌에게 우선권을 주는 제도이다. 즉, 이런 항목들의 수평비교는 중앙정부, 또는 광역자치단체에서 지원하는 우선순위를 역순으로 하겠다는 의지가 전제될 때만이 비로소 의미가 있는 일이다. 특히 지방자치의 경험이 2년밖에 안 되는 과도기적 상황에서는 지역간 불균등을 하루빨리 해소시킬 의무가 중앙정부, 또는 광역자치단체에 있는 것이다.

그럼에도 불구하고 이러한 지표를 토대로 '전국에서 제일 살기 좋은 자치단체'니 '서울에서 제일 살기 좋은 자치단체' 등의 이름을 정해서 상을 주는 그 발상의 기저에는 도대체 무엇이 있는지 알다가도 모를 일이다.

자치행정의 평가는 주민들의 몫

끝으로 계량화도 수평비교도 불가능한 항목들이 있다. 지방자치가 실시되고 나서 각 자치단체별로 새로이 도입된 아이디어라든가 행정개혁 사례라든가 하는 것들이 그러한 것이다. 정책의 우선순위는 지역마다 다를 수 있고, 또 지역의 여건에 따라 그 대처하는 방식이 다를 수도 있다. 이것을 획일적으로 평가하고 서열을 정하는 것은 도저히 있을 수 없는 일이다.

예를 들어 서울의 25개 자치구 중에서는 처음으로 정책보좌관제도를 두어 자치구 단위의 정책개발에 역점을 두었던 곳은 바로 강서구였다. 기초자치구 중 최초로 지방공기업을 설립, 유일하게 흑자경영을 하고 있는 곳도 강서구이고, 자치단체 최초로 CI작업을 완료한 곳도, 정부의 세계화시책에 부응하여 최초로 직원 배낭여행을 실시한 곳도 우리 강서구였다.

중장기 발전기획단을 구성하여 중장기 정책과제를 최초로 연구하기 시작한 곳도, 낭비요인을 없애기 위해서 행정분야에 대한 ISO인증사업을 최초로 추진한 곳도, 주민의 행정수요에 부응하여 조직개편을 최초로 단행한 곳도, 쓰레기 문제에 있어 대면수거 방식을 최초로 도입한 곳도 강서구였고, 행정기관에서 자원봉사 전담기구를 최초로 설치한 곳도 우리 강서구였다.

굳이 이런 것들을 열거하는 이유는 바로 이런 일을 했다고 최우수 자치단체로 평가받은 기관들이 있기 때문이다. 최초로 시도했다는 것에 가중치를 두지 않겠다면 얼마나 제대로 시행되고 있는지에 평가의 우선순위를 두겠다는 기준을 갖고 있는 것인지도 모르겠다. 그러나 유감스러운 일이지만 스스로가 게을러서인지 과문해서인지, 얼마나 제대로 시행되고 있는지를 평가해보겠다고 우리 구청을 방문한 조사자는 지난 2년간 단 한 분도 없었다.

덧붙여 지방자치의 평가항목 중에 가장 중요하다고 할 수 있는 주민참여의 제도화와 관련된 항목들이 대부분의 평가에서 빠져 있음은 안타까운 일이 아닐 수 없다. 사실상 지방자치는 주민자치 이상도 이하도 아니다. 지방자치의 근본적 성패를 가늠하는 것은 재정자립도가 증가하는 것도, 행정 서비스가 개선되고 있는지의 여부도, 공원이 늘고 문화시설, 체육시설의 수가 많아지는 것도 아니다. 이와 같은 것들은 굳이 지방자치를 하지 않는다 하더라도 달성될 수 있는 것이기 때문이다.

그러나 지방자치의 취지에 부합하는 자치행정의 근본적인 지향점은 주민참여의 제도적 통로를 보다 많이 확보하는 것에 있다고 할 수 있다. 연례행사화되어 있는 자치단체평가의 근본적인 취지와 목적이 지방자치의 건전한 육성과 발전에 있다면 일반적인 의미에서의 행정평가보다는 자치행정이라는 측면에서의 새로운 평가방식이 하루빨리 도입될 필요가 있다. 그리고 그 최우선 순위는 당연히 주민참여의 제도화와 자치업무에 대한 지역주민들의 주인의식을 조사하고 평가하는 것이라고 나는 믿는다.

이러한 평가가 생략된 채, 지방자치를 평가하고 더구나 이를 서열화해서 상을 주겠다는 발상은 마치 사생대회를 열고는 수학문제 잘 푼 학생에게 최우수상을 주겠다는 것에 다름 아니다. 상을 주고받는 기쁨이야 누구에게나 마찬가지이다. 그러나 사생대회에 나가서는 그림을 잘 그린 것으로 상을 받고, 백일장에 나가서는 심금을 울리는 명문으로 상을 받고, 수학경시대회에 나가서는 수학문제를 잘 풀어서 상을 받는 것이 원칙이다. 이 원칙이 지켜지지 않는다면 도대체 상의 의미가 무엇인지 알 도리가 없다. 그림을 잘 그린다고 수학경시대회의 대상을 줄 수는 없는 일이 아닌가 말이다.

'전국에서 제일 살기 좋은 지역'이라는 상을 받은 것이 '전국에서 지방자치가 제일 잘 이루어지는 지역'일 수는 없는 일이다. 지방자치의 전반을 평가하고 나아갈 방향을 제시해보는 것이 나름대로의 언론의 역할이고 연구자의 사명임은 분명하다. 그러나 어떤 경우에도 언론이나 특정 기관이 지방자치단체의 서열을 정하고 등수를 매기는 것은 있을 수 없는 일이다. 잘 했는지 못 했는지를 평가하고 판단하는 주체는 그들이 아니라 진정한 주인의식을 갖고 지역살림을 챙기는 주민들의 몫이기 때문이다.

어떻게 그 흔한 상 한 번을 못 받느냐고 딱해 하시는 주민들이 계신다. 우리 강서구가 별로 못 하는 것도 없는데 제대로 홍보가 안 돼서 그러는 것이 아니냐고 나무라시는 분들도 계신다. 물론 상을 준다면 기쁜 마음으로 받을 일이다. 그러나 정작 달라진 것은 하나도 없으면서 자축 운운하는 플래카드나 붙이고 있을 생각은 없다. 그보다는 "지방자치제가 실시되니까 정말로 많이 좋아지고 있네요."라는 주민의 격려 말씀 한 마디가 내게는 훨씬 더 소중할 뿐이다.

지방자치는 주민자치 이상도 이하도 아니다

지방자치제도가 본격적으로 실시되면서 행정업무들이 눈에 띄게 개선되고는 있지만 나름대로는 아쉬운 마음이 적지 않다. 사실상 지방자치의 궁극적 목표라고 할 수 있는 주민자치를 달성하기 위한 노력들은 아직도 여전히 미흡하다는 생각을 갖고 있기 때문이다.

아무리 공무원들의 대민자세가 친절해지고 행정 서비스의 질이 개선되고 있다 하더라도, 지방자치 행정의 주체여야 할 주민들을 행정의 객체요 대상으로만 간주하고 있다면 지방자치가 제대로 이루어지고 있다고 할 수 없다. 지방자치는 주민자치 이상도 이하도 아니기 때문이다.

다음은 모 기관이 주최한 지방자치 관련 세미나에 초청되어 발표한 주제발표문이다. 지방자치는 곧 주민자치여야 한다는 문제의식에 근거해서 준비한 것이기에 조금은 장황하더라도 전체를 인용해보고자 한다. 주제발표가 있던 때가 지방자치가 실시되고 채 1년도 안 된 시점이었고, 또 그 이후에도 많은 변화들이 있었겠지만 기본적인 문제의식에서만큼은 별 차이가 없기에 감히 글을 읽으시는 분들의 이해를 바랄 뿐이다.

지방자치에의 주민참여라는 오늘의 주제가 아니라 하더라도, 본격적인 지방자치제의 실시와 함께 가장 주목되는 변화가 있다면 행정영역에 대한 주민들의 인식 자체가 상당히 적극적으로 변화하고 있다는 사실이다. 과거 관선시대에 있어 일방적인 행정 서비스의 대상으로만 간주되어 왔던 주민들이 이제는 행정의 여러 영역에서 주체적 참여를 요구하고 있는 것이다.

사실상 지방자치제도의 궁극적인 목표라고 할 수 있는 주민자치란 사회의 공공분야에 있어 그 구성원의 적극적인 참여를 전제로 하지 않고는 성공할 수 없는 것이므로, 주민들의 행정영역에 대한 이러한 인식의 변화는 일견 바람직한 자세라고 볼 수 있다.

그럼에도 불구하고 기초자치단체의 민선단체장으로서 8개월여의 일천한 경험으로 주민자치행정의 사례를 발표한다는 것이 개인적으로는 상당히 곤혹스러운 일임을 밝히지 않을 수 없다. 개인적 경험에 비추어볼 때, 폭발적으로 증가하는 주민참여의 욕구가 올바로 수용될 수 있는 제도적 장치가 아직도 미흡할 뿐 아니라, 행정구조의 경직성으로 인해 이를 수용하기 위한 자치단체 나름의 자율적 노력마저도 쉽게 인정되지 않는 현실을 너무도 뼈저리게 느끼고 있기 때문이다.

이를테면 지역의 교통문제를 해결하기 위한 도로 통행 방식의 변경과 같은 사항은 기초자치단체의 해당부서에서 오랜 연구와 지역여론 및 공청회 등의 의견 수렴과정을 거쳐 최종적인 대안을 마련한다 하더라도 중앙정부의 통제를 받는 경찰의 승인 없이는 추진할 수 없다. 또한 지역여건에 부합하는 도시계획의 변경과 같은 자율적 권한을 애당초 부인하는 현행 지방자치제도의 한계에 대해서 스스로도 부단히 고민하고 있는 마당에 과연 주민자치의 사례를 발표할 자격이 있는가 하는 자격지심이 없지 않은 것이다.

이러한 제도적 미비점이나 경직성이 상존하고 있음에도 불구하고 지방자치제도의 궁극적인 목표가 사회 공공영역에서의 주민참여의 극대화와 주민자치의 실현에 있다고 믿기 때문에 구청장 취임 후 채 1년이 못 되는 짧은 기간이지만 정책개발의 최우선 순위를 사회 공공분야에서의 주민참여의 극대화를 유도할 수 있는 제도적 장치의 마련과 이의 추진에 노력해왔다. 사실상 주민참여의 확대는 주민자치의 근본 토대임과 동시에 행정 서비스의 질적·양적 제고를 촉진시키는 압력수단으로서의 기능도 아울러 수행한다고 할 수 있다.

물론 주민참여의 확대라고 하는 측면이 제도적 장치에 의해서 기능적으로 보완되지 않을 경우에는 집단이기주의의 발생과 공익성을 무시한 인기성 정책의 수행이라는 역기능이 나타날 수도 있기 때문에 무조건적인 참여의 확대가 반드시 바람직한 것만은 아니다. 그러기에 더더욱 주민참여의 제도적 장치를 마련하는 데 노력해왔다. 이 과정에서 과거 중앙집권제하에서 주민들이 느끼던 정치불신과 무력감이 상당 부분 해소되고 있으며, 건전한 시민의식을 담지한 사회구성원들에 의한 본격적인 지방자치제가 뿌리내릴 가능성을 발견하고 있는 것이다.

현행 우리 나라의 지방자치제도는 권한과 기능이라는 측면에서 볼 때, 중앙정부에서 보이는 행정 비대화 현상이 지방자치단체에서도 그대로 적용되고 있음을 발견할 수 있다. 굳이 행정만능이라는 표현을 쓰지 않더라도 오늘날 행정의 영역은 주민생활의 근저에까지 그 영향력을 확대하고 있음을 쉽게 발견할 수 있다. 특히 사회적 이해관계와 관련된 대부분의 사안들이 개별적·직접적·즉각적인 해결책을 요구하고 있으므로 주민들의 참여욕구 역시 간접적·포괄적인 영향력 행사의 수준이 아니라 개별적·직접적인 참여의 형태를 요구하고 있는 것이다. 특히 우리 사회가 대의제 방식의 정치기구를 운용하고 있는 한, 이는 필연적으로 사회 이해관계의 조정기능을 담지하고 있는 정치부문의 기능축소를 의미한다.

예를 들어 우리가 주민자치행정의 한 사례로 연구하고 있는 주민 옴부즈맨 제도나 구정 모니터링 제도와 같은 경우, 이는 지방의회의 고유 기능 중 하나인 행정감사제도와 상당 부분 기능이 중복되는 제도라고 할 수 있음에도 불구하고 대부분의 지방자치단체에서 이를 주민자치의 한 방식으로서 적극 채택, 운용하고 있는 것은 주민들의 직접참여에 대한 욕구를 수용하기 위한 노력이라고 할 수 있다.

강서구 주민자치 행정 사례

우리 강서구의 경우 주민자치를 위한 정책개발의 방향은 크게 3가지로 대별된다. 첫째는 주민들의 행정수요를 적극 수용할 수 있는 정책수단의 개발이며, 둘째로는 행정분야의 일정 부분에 있어 주민들이 직접 참여할 수 있는 제반 수단을 강구하는 것이며, 마지막으로는 사회의 공공영역에 주민들의 자발적인 참여를 유도할 수 있는 각종 제도적 장치를 마련하는 것이다. 이러한 정책개발의 기조에서 현재까지 개발되어 운용되고 있는 주민자치의 행정사례를 발표하고자 한다.

첫째, 주민들의 행정수요를 적극 수용할 수 있는 제반 정책과 관련하여 가장 커다란 효과를 거두고 있는 제도적 장치로는 매주 금요일에 정기적으로 개최되는 '구청장과 구민들과의 만남의 시간'이라는 주민직접청원제도를 들 수 있다.

이 제도는 구청장에 당선되기 이전부터 구상하였던 정책수단으로서 행정의 여러 분야에 대한 주민들의 직접적인 참여욕구를 수용하고, 행정의 투명성 및 책임성 제고를 목표로 하고 있다. 물론 주민의 행정수요를 수렴하기 위한 청원제도로는 민원봉사실에서의 민원접수, 서신, 전화, 또는 PC통신을 통한 민원접수 등 다양한 제도적 장치가 있을 수 있다.

그럼에도 불구하고, 민선자치단체장에 대한 주민들의 기대라든가, 행정 불만사항의 대부분이 민원해결의 지체성이나 불투명성, 또는 불공정성이라는 측면에서 야기되고 있음을 생각할 때, 가장 효과적인 주민청원제도는 구정의 전반을 총괄하는 구청장이 직접 민원을 접수하고, 이에 대한 행정적 대안이 즉각적으로 마련되는 직접청원제도일 수밖에 없다고 생각한다.

강서구의 '구민과의 만남'의 시간은 매주 금요일 오후 2시 구청에서 개최된다. 이 시간에는 구청장 이하 모든 관계공무원이 참석하며, 주민들의 민원을 구청장이 직접 청취하고, 현장에서 관계 공무원들이 민원인과 함께 대안을 모색하여 즉각적으로 이를 처리할 수 있도록 운용되고 있다.

구청장의 취임과 함께 시작된 이 제도는 선거기간중 주민들과의 불필요한 접촉(?)을 금지한다는 선거법상의 해석으로 인하여 잠정 중단되고 있다. 그러나 현재까지 총 33회 운용되면서 총 265건의 주민청원을 직접 접수, 이중 208건을 해결하였고, 57건은 법령상, 또는 공익상의 문제로 청원을 기각하였다. 이 시간에 접수되는 주민청원은 개인민원뿐 아니라 집단민원까지 포함하므로 '구민과의 만남'시간에 참여한 연인원은 방청객까지 포함, 약 2천 명 정도로 추산되고 있다.

'구민과의 만남'이 운용되던 초기에는 주민들의 극도의 행정 불신으로 인하여, 청원의 내용 자체도 행정행위에 대한 항의가 주종을 이루었으나, 이 제도가 적극 시행되면서 공무원과 주민들이 상호협의하에 충분한 대화를 통해서 합리적인 대안을 모색하는 분위기로 바뀌게 되었고, 점차 항의성 청원 대신 주민들 스스로 구체적 행정대안을 가지고 대화에 참여하는 주민자치의 양태가 나타나고 있다. 따라서 이 시간에 접수되는 민원의 수는 점차 감소되는 추세에 있으나, 접수민원에 대한 요구수용 비율은 지속적으로 상향되는 추세로 나타나고 있다.

이 시간에 접수되어 긍정적인 해결책이 마련된 주민자치행정의 보다 구체적인 한 사례로는 작년 8월 25일의 제8회 '구민과의 만남'시간에 접수되었던 재건축민원 사례를 들 수 있다. 이 사안은 연립주택의 재건축조합이 해당지역의 인근 토지가 사실상 도로 자체가 폐쇄되어 접근할 수 없는 올림픽대로 연변의 땅임에도 불구하고 지목이 대지로 되어 있음으로 해서 재건축의 용적률이 심각하게 제안되고 있으므로 이 땅의 지목을 시설녹지로 변경해줄 것을 요구하는 민원이었다.

사실상 토지의 형질변경과 같은 사안은 해당 당사자의 엄청난 경제적 이해관계를 전제로 하는 것이므로 여간해서는 공무원들이 수용할 수 없는 사안이다. 그러나 공개된 자리에서 공개적인 주민청원을 접수한 구청장의 입장에서 민원인들이 제안한 행정대안은 긍정적으로 검토될 수 있는 대안이라는 판단으로 관계 공무원에게 지시, 현장에서 시설녹지로의 형질변경이 이루어질 수 있었다.

결과적으로 민원인들은 적극적인 주민참여에 의한 합리적 정책대안을 수립하여 5층으로 제한되었던 재건축 아파트를 17층으로 건축하는 경제적 이익을 획득할 수 있었던 것이다. 이 사실이 관내 주민에게 전파되면서 주민직접청원제도의 효과를 주민들이 확실히 납득할 수 있게 되었고, 역으로 공무원들의 대민행정자세도 보다 적극적이고 긍정적으로 주민들의 입장에서 처리할 수 있는 책임행정의 계기를 마련할 수 있었다.

우리 강서구에서는 '구민과의 만남' 이외에도 구청장 직통의 '구청장에게 바란다'라는 자동응답전화 시스템을 24시간 가동하고 있으며, One-stop 민원해결제도, PC통신을 통한 민원접수 등 주민의 의사가 행정에 적극 반영될 수 있는 각종 주민청원제도를 운용하고 있음을 아울러 밝히고자 한다.

이러한 제도적 장치의 마련과 함께 주민참여의 자치를 정착시키는 관건이 되는 것은 주민의 요구를 수용할 수 있는 행정부문의 적극적인 자세이다. 주민참여의 욕구가 효과적으로 수용될 수 없는 경직된 행정구조 속에서는 주민들의 참여욕구가 시위와 같은 극단적인 양식으로 표출될 수밖에 없는 것이다.

강서구의 거의 유일한 녹지공간이자 주민들의 휴식처 역할을 하는 우장산 지키기 운동이나, 겸재 정선 선생의 문화적 자취가 고스란히 남아 있는 궁산문화유적지 보호운동과 같은 시민운동이 어떠한 과정을 거쳐 어떠한 결과를 낳게 되었는지를 추적해보면 행정부문의 유연한 사고가 주민자치와 얼마나 밀접한 관련을 맺고 있는지를 잘 알 수 있으며, 역으로 주민참여를 요구하는 시민운동이

어떠한 전략전술을 지향하여야 하는지를 잘 알 수 있다. 강서구의 중심부에 있는 우장산은 강서구민들의 거의 유일한 휴식공간으로 자리매김되어 있다. 지리적으로 중심부에 있어 교통편도 대단히 편리하고 주변경관도 좋아 구민들의 사랑을 받고 있는 지역이다. 이러한 이유로 강서구민체육센터를 이곳에 건립하기로 한 것은 사실상 시유지를 무상으로 사용할 수 있다는 경제적 이유와 함께 일견 타당성을 갖춘 정책적 판단이었을 수도 있다.

그러나 관선구청장 시절에 입안된 구민체육센터 건립결정은 이내 지역주민과 지역의 시민운동단체의 격렬한 반대에 직면하였다. 강서구 유일의 녹지공간을 보존하자는 주민들의 통일된 의견은 우장산 지키기 운동이라는 시민운동을 배태하였으며, 이 과정에서 연인원 2만여 명이 참여하는 서명운동, 시민단체 및 주민들에 의한 우장산 지키기 운동을 위한 각종 행사의 개최, 급기야는 궐기대회와 농성 및 시위로까지 연결되는 집단민원의 전형적인 양식으로 발전하였다.

그럼에도 불구하고 시유지를 활용함으로서 건립비용을 줄일 수 있다는, 오로지 경제적인 이유만으로 구민체육센터의 건립을 강행하려는 구청의 입장은 지극히 경직된 것이었다.

이 와중에서 주민들은 '국민고충처리위원회'와 같은 중

앙정부의 청원제도를 활용하는 한편, 마침 우장산 지키기 운동에 적극 동참하고 있던 본인이 자치단체장 선거에 입후보한 것을 계기로 선거투쟁을 함께 병행하였다. '국민고충처리위원회'의 건립 불가 의견과 함께 우장산 지키기 운동에 동참한 본인의 구청장 당선으로 인하여 결국 우장산의 구민체육센터 건립부지는 이전이 결정되었다.

이 과정에서 주민들의 행복권 추구와 밀접히 관련되는 사안에 대하여 주민들의 의사를 충분히 수렴하지 않고 일방적으로 사업을 결정하는 행정부문의 독선과 함께, 행정결정의 번복은 결코 있을 수 없다는 경직된 사고가 어떠한 결과를 빚었는지를 발견한 것은 이 운동에 참여한 2만여 명의 주민들에게 크나큰 소득이었다고 할 수 있다.

건전한 시민사회로 가는 길

다음으로는 행정의 여러 분야에 주민들이 직접 참여하는 제도에 대해서 생각해보기로 하겠다. 현재 강서구에서 운용되고 있는 주민들의 직접참여 방식으로는 강서구정신문인 〈강서까치뉴스〉의 주부기자제도, 강서구의 환경을 보존하기 위한 주부환경감시단, 시장물가를 감시하는 물가 모니터 요원 운용, 동청사기획단, 그리고 강서구에서 매년 개최되는 강서구민축제위원회의 운영 등을 들 수 있다.

〈강서까치뉴스〉의 경우, 과거 반상회 때 배부되던 공보 형식의 반상회보를 16면의 타블로이드판 신문으로 개편, 발간하면서 신문의 편집과정부터 기사 작성에 이르기까지 20여 명의 주부기자단이 주도적으로 참여하고 있는 주민 참여의 한 사례라고 할 수 있다.

〈강서까치뉴스〉는 과거의 일방통행적인 반상회보가 아니라 행정부문에 대한 주민들의 비판적 의견 및 제안, 지역 소식 등이 포괄적으로 게재되는 쌍방통행 형식의 언론매체라고 할 수 있다. 특히 일반적인 공보사항 등을 제외한 대부분의 기사를 자원봉사자로 활동하는 주부기자단이 작성하고 있으므로 주민들에 의한 행정감시의 기능까지도 아울러 수행하는 주민들의 신문으로 정착되고 있다.

강서구민축제위원회의 활동과 관련해서도 우리는 주민자치의 참뜻이 어디에 있는가를 확인해볼 수 있다. 그 동안 구민축제와 같은 관 주도의 행사는 일부 계층만을 대상으로 하는, 참여하는 축제가 아니라 보여주는 축제, 행사를 위한 행사로 자리매김되고 있었던 것이 현실이다. 그러나 작년 9월 제3회 강서구민축제는 구청에서 주도하는 행사가 아니라 주민들이 구성한 주민들의 축제위원회에서 홍보, 기획, 행사집행 등을 포괄적으로 추진하고, 구청에서는 단지 행정지원만을 담당한 명실상부한 주민들의 축제로 탈바꿈되었다.

강서양천 사랑모임과 같은 지역의 시민단체나 관내에

있는 기업들, 또는 지역의 청소년 직업학교 등에서 자발적으로 참여한 제3회 강서구민축제는 체육대회를 비롯, 모든 행사에 일체의 주민동원 형식을 배제하였음에도 불구하고, 오히려 보다 많은 주민들이 주인의식을 가지고 행사에 참여하였다.

축제의 가장 커다란 의의를 동질성의 확보에서 찾는다고 한다면 강화도령 철종의 궁궐 입궁 장면을 재연하는 길놀이로 행사의 절정을 이루는 강서구민축제는 더불어 사는 강서구민의 지역에 대한 소속감과 주인의식을 제고하는 기능을 충분히 수행하고 있는 것이다.

행정영역에 주민들이 직접 참여하는 강서구의 또 하나의 사례로는 공무원, 건축사, 인테리어 디자이너 등의 전문가, 그리고 주민들로 구성되는 동청사기획단의 운용을 들 수 있다. 현재 강서구에서는 지역의 여건상 동사무소 건물 자체가 단지 행정관청만이 아니라 주민들의 다양한 욕구를 포괄적으로 수용할 수 있는 명실상부한 주민들의 사랑방 역할을 수행할 수 있도록 재설계되어야 할 필요성이 제고되고 있다.

우리 강서구에서는 기존의 동사무소 건물의 재배치뿐 아니라 신축중이거나 계획중인 동사무소에 대해서도 주민들과 지역의 건축 관련 전문가, 그리고 공무원들로 이루어진 동청사기획단을 구성·운용하고 있다.

예를 들어 신축된 가양3동 동사무소의 경우는 아파트 밀집지역임에도 불구하고 주민들을 위한 편의시설이 전무한 실정이므로, 주민들의 요구를 적극 수렴하여 동사무소 내에 2천여만 원의 예산을 들여 주민들을 위한 체력단련실을 설치하였다. 체력단련실의 설치는 가양3동 내에 집중적으로 거주하는 1천여 명의 운전기사들의 요구가 주민이 직접 참여하는 동청사기획단에 접수되어 비롯된 결과이다.

한편 방화3동 동사무소의 경우는 지역여건에 따라 학생들을 위한 공부방이 설치되었으며, 설계중인 등촌동 동사무소의 경우에는 2개 층에 주민들을 위한 구립도서관이 들어설 예정이다. 사실상 동청사의 활용방안은 주로 주민들의 의사를 적극 수렴한 주민대표의 주장을 최우선적으로 반영하여 결정되도록 운용되고 있다.

끝으로 사회의 공공영역에 주민들의 자발적인 참여를 유도할 수 있는 제도적 장치를 마련하는 정책사례에 대하여 언급하고자 한다. 우리 강서구의 경우, 주민들의 건전한 참여를 유도하는 대표적인 정책사례로는 강서구 자원봉사단의 운용을 들 수 있다. 강서구의 자원봉사단은 지방자치단체로는 최초로 추진, 운용되고 있는 제도라고 할 수 있겠다.

우리 강서구의 경우 92년부터 가양, 방화, 등촌 지역에 영구임대아파트 1만 8천4백58가구가 집중 건립되면서 무의탁노인, 중증 장애인, 소년·소녀 가장 등 사회적 지원을 필요로 하는 주민들이 급증하게 되었다. 보다 구체적으로 보면 92년 당시 9백54가구 2천2백19명의 생활보호대상 가구가 1996년 8월 현재 무려 5.6배 증가한 5천3백88가구 1만 5천1백19명으로 급증하고 있는 것이다. 서울시 전체 생활보호대상자의 13.5%가 강서구에 거주하고 있다고 볼 수 있다.

그럼에도 불구하고 사회복지 측면에서의 별도의 예산지원 등 행정지원 조치는 전무한 것이 현실정이다. 우리 강서구에서는 이러한 문제의 해결을 건전한 시민사회의 '나누는 기쁨, 베푸는 보람'에 의존하고 있다. 우선은 구청의 행정직제를 개편해서 전국 유일의 자원봉사계를 운용하고 있을 뿐 아니라, 이미 사회의 자원봉사활동에 적극 참여하고 있던 500여 명의 강서구 거주 주민들을 주축으로 열곳의 사회복지관에 자원봉사자와 대상자를 연결시켜주는 자원봉사정보센터를 행정기관으로서는 전국 최초로 설치하였다.

이런 지원장치들을 정비한 후 주민들의 적극적인 참여를 호소한 결과, 지난 12월 28일 1,045명으로 구성된 자원봉사단이 결성되어 활동하고 있다. 특히 강서구 자원봉사단의 경우, 예산의 확보 및 집행이나 관리 등은 전적으로 주민들이 담당하며, 구청에서는 정보의 제공이나 결연 등 행정적 지원만을 담당하는, 명실상부한 주민들의 사회봉사단체로 운용되고 있다.

이러한 공공부문에의 주민참여의 확대는 건전한 시민사회의 기반을 형성하는 데 기여할 것으로 판단되며, 특히 이해관계의 당사자로서 자신의 의견을 표출하고, 사안이 해결되면 다시 침묵하는 다수로 돌아가는 일회성 참여의 형태가 아니라 지속적으로 사회의 공공영역에 참여하는 보다 건전한 방식의 주민참여의 형태로 자리잡아가고 있는 것이다.

이 밖에도 구민들이 직접 운영, 관리하는 지역도서관이라든가 행정공문 등 각종 행정정보를 공개하고 지역의 각종 정보를 관리, 전파할 수 있는 강서정보센터의 민간주도 개설 등 현재에도 우리 강서구에서는 주민자치, 주민참여의 행정쇄신을 꾀할 수 있는 제반 정책들을 마련함에 있어 최우선의 관심과 노력을 아끼지 않고 있다.

그러나 진정한 의미의 주민참여의 행정, 주민자치는 공공영역에 대한 봉사와 실천에 결코 인색하지 않은 건전한 시민의식으로 무장한 시민사회의 형성이 그 관건이라는 점을 다시 한 번 강조하지 않을 수 없다. 사실상 주민참여라는 명분 아래 개인 또는 집단이기주의가 창궐하게 된다든가, 때로 주민자치의 확대를 이유로 행정결정의 집행을 담당하는 공무원들이 정상적인 업무수행을 방해받는 상황도 예상될 수 있기 때문이다.

결국 주민자치는 건전한 시민사회의 육성과 그 궤를 같이하지 않을 수 없는 것이다. 지방자치의 실시는 한편으로는 주민자치를 실현하는 제도적 장치임과 아울러 진정한 의미의 민주주의를 구현하는 살아 있는 교육장이어야 함을 다시 한 번 강조하는 것으로 오늘의 발제를 마치고자 한다.

3장

공무원이 변해야 나라가 산다

공무원이 변해야 나라가 산다

　주민 한 분께서 집 앞 골목길에 오토바이 한 대가 몇 달째 버려져 있으니 이를 치워달라고 동사무소에 전화를 하셨다고 한다. 며칠이 지나도 아무 소식이 없기에 이번에는 구청으로 연락을 했더니 그 오토바이의 번호를 물어보았다던가? 오토바이 번호를 대주자 전화를 받던 직원이 소관사항이 아니니 그 오토바이가 등록되어 있는 다른 구청으로 전화하시라면서 아주 친절하게(?) 그 구청의 전화번호까지 일러주더란다.

　그 구청으로 전화하니 방치된 오토바이라면 당연히 그 동네에서 치워야지 어떻게 우리가 가서 치우겠냐며 화까지 내더란 이야기이다. 그래도 이 주민께서는 상당히 인내심이 있는 분이었던 것 같다. 어이야 없었겠지만 꾹 참고 다시 처음의 구청으로 전화를 했더니, 이제는 웬걸, 담당직원을 찾아 이 부서 저 부서로 민원을 돌리는 속칭 핑퐁치기가 시작되었다고 한다. 구청의 소관업무가 어떻게 나누어져 있는지 알지도, 알 필요도 없는 분이 단지 집 앞 골목길에 흉측하게 방치되어 있는 오토바이를 치워달라고 성의를 갖고 전화를 주셨건만, 서로 책임을 회피하며 숨바꼭질을 하고 있는 모습에 얼마나 어이없어하셨는지는 굳이 물어보지 않아도 알 일이다.

모르긴 몰라도 시민봉사과의 민원담당에서부터 시작해서, 민원의 성격상 대충 청소과, 건설관리과의 가로정비계, 그리고 불법주정차나 방치차량을 단속하는 교통지도과까지 이분의 민원사항은 탁구공이 네트 사이를 왔다갔다하듯 빙빙 돌았을 것이다.

더더욱 어이가 없는 것은 급기야 방치된 오토바이를 치워달라는 민원이 주택과에까지 접수가 된 모양이다. 주택가에 오토바이가 있다고 이를 치우는 것은 주택과 소관사항일 수도(?) 있다는 말에 기가 막힌 이 주민께서는 더 이상 이야기할 필요도 없다고 생각하시고 그냥 전화를 끊으셨다고 한다. 그러고는 이 어이없을 수밖에 없는 이야기를 신문에 독자투고 형식으로 고발하셨다. 신문기사가 나오자마자 두 달 이상 방치되어 있던 그 오토바이가 치워졌음은 물론이다.

민선자치시대가 열리기 전 바로 우리 강서구에서 벌어졌던 일이다. 지방자치를 한다고 해서 공무원들의 의식수준이나 근무자세가 하루 아침에 바뀔 일도 아니고 보면 이런 어이없는 일이 민선자치시대라고 해서 재발하지 않으리라는 법도 없을 것이다. 아니 재발을 염려하는 것 자체가 실정을 제대로 이해하지 못할 때나 할 수 있는 고민이다.

악용되는 업무분장

공무원들 사이에 업무떠넘기기, 이른바 핑퐁치기 현상은 이제 그 인내의 한계를 넘어섰다고 해도 좋을 정도로 공무원사회에 널리 만연되어 있다. 업무가 이리저리로 탁구공처럼 넘나드는 것을 보고 있으면 때로는 넋이 빠질 만큼 현란스러울 때도 있다. 권한을 따지고 책임의 한계를 묻고, 개인적인 업무의 양을 계산하고, 그래도 안 되면 예산타령을 하면서 어떻게 해서든 일을 피하기 위해서 궁리들을 한다.

일을 하기 위한 고민보다는 일을 하지 않기 위한 고민들을 하는 것이다. 이러니 복지부동이라는 말을 들을 만도 하다. 아니 요즘은 복지부동이라는 말도 부족해서 숫제 신토불이라는 표현까지 동원되고 있는 모양이다. 원래의 뜻이야 그런 것이 아니겠지만 글자 그대로 해석하자면 몸과 땅이 하나이니 그저 땅바닥에 납작 엎드려 움직이지 않는 자세보다도 한술 더 뜬 표현임에 분명하다. 어쩌다 이런 지경에 이르렀는지 한번 심각하게 고민해야 할 문제가 아닐 수 없다.

사실 공무원들이 하는 일 없이 그저 빈둥거리기만 하는 것은 아니다. 오히려 지나치게 과중한 업무에 매달려 하루 종일 일에 치어서 지낸다고 하는 편이 차라리 실상에 맞는 말이다. 복지부동이니 신토불이니 하는 말들은 지극히 일부의 문제일 뿐이고 대부분의 공무원들은 정말로 열심히 맡은 바 임무에 최선을 다하고 있다는 말이 전혀 틀린 말은 아니다.

워낙에 박봉에 시달리면서도, 또 업무에 비해서 공무원의 수가 절대적으로 부족한 상황에서도 꿋꿋이 일하는 공무원들을 보면서 사명감이 없이는 공무원이라는 것이 도저히 할 일이 아니다라는 생각도 하지 않는 바가 아니다. 그럼에도 불구하고 복지부동이니 신토불이니 하는 말에 공감을 표시할 수밖에 없는 것은 이 말에 근본적으로 내포되어 있는 의미가 일을 하지 않는 상태가 아니라 일을 하지 않으려고 하는 의지와 관련되어 있기 때문이다.

문제는 내게 주어진 일이야 열심히 하겠지만 꼭 내가 하지 않아도 될 일은 어떻게든 피해보겠다는 부정적인 자세이며, 기왕에 해오던 일이야 최선을 다하겠지만 새로운 일은 스스로 찾아서 하지 않으려는 적극성의 결여에 있다고 하겠다.

이러한 부정적·소극적 사고에 일익을 담당하고 있는 것이 바로 업무분장이라고 하는 것이다. 업무의 효율성을 제고하기 위한 한 수단으로서 분업의 원칙을 적용하는 것은 굳이 행정관청뿐 아니라 오늘날의 모든 기업이나 조직에서도 공통적으로 일어나고 있는 현상이다. 그중에서도 특별히 행정분야에 있어서는 업무의 지속성과 일관성, 그리고 책임의 한계를 명확히 하기 위해서 업무를 분장하여 구청단위에서는 구 조례, 또는 구청의 내규로 명문화하고 있다.

그런데 이러한 업무분장이라고 하는 것이 주어진 업무의 최소치를 규정하는 것인가, 아니면 수행하여야 할 업무의 최대치를 규정하는가의 인식의 차이에서 문제들이 발생하는 것이다. 일반적인 상식으로는 모든 업무를 하나도 빼놓지 않고 명문화한다는 것이 가능하다고 보지 않는다. 소위 최소업무 리스트(Negative Work Sheet)의 개념으로 이 업무분장을 이해해야만 하는 것이다. 그러나 공무원사회에서는 관례적으로 업무분장 자체를 수행할 업무의 최대치(Positive Work Sheet)로 이해하는 경향을 보이고 있다. 워낙 주어진 일만 수행하기에도 벅차다는 생각들을 하고 있는 것이다.

그러다 보니 업무지시가 떨어지면 제일 먼저 하는 일이 업무분장표를 들여다보는 일이다. 물론 그 동안 지속적으로 수행해온 일이나 업무분장표상 명백하게 규정된 업무에 대해서는 이의가 없지만, 새로 추진되는 업무라든가 업무분장상 그 권한과 책임이 다소 애매한 것이라면 예의 핑퐁치기식 사고가 고개를 내밀기 시작하는 것이다.

예를 하나 들어보자. 어떤 지역에 쓰레기가 잔뜩 쌓여 있으니 치워달라는 민원이 접수되면, 1차로 이 민원은 청소과로 넘어가게 된다. 어차피 쓰레기 수거용 차량도 있고 인력도 있으니, 그 지역으로 가서 쓰레기를 수거해오면 그만일 문제라고 일반인들은 생각하게 마련이다.

그러나 공무원식 사고에서는 그야말로 천부당 만부당한 일이다. 이를테면 그 쓰레기가 쌓여 있는 장소가 공원지역이라면 그 업무는 당연히 공원녹지과로 넘어가야 할 일이다. 그 장소가 공영주차장 내부라면 주차관리과의 소관 업무가 된다. 심지어는 그 쓰레기의 성격이 생활쓰레기냐, 아니면 산업폐기물이냐에 따라서 청소과 내에서도 어느 계가 그 업무를 맡아야 하는지를 따지게 되는 것이다.

아니할 말로 폐타이어와 생활쓰레기가 함께 섞여 있다면 각각의 계에서 따로따로 수거해야 하지 않을지 모를 일이다. 이런 웃지 못할 일들이 거의 매일같이 공무원 사회에서 일어나고 있다.

좌판이나 리어커를 이용한 거리 노점상은 가로정비계에서 단속할 수 있지만 차량을 이용한 거리행상은 주차관리과 소관업무라는 이야기, 거리에 쓰러진 입간판을 치우는 일로 광고물관리계와 가로정비계와 청소과의 소관부서가 서로간에 규정집을 찾아보는 이야기, 심지어는 한강변에 떠오른 사체를 강변에 닿지 못하도록 봉으로 밀어내더라는 차마 입에 담을 수 없는 일화들도 있다. 강변에 닿으면 해당 구청 관할이고, 강 중앙에 있을 때는 서울시 한강관리사업소의 소관업무이기 때문이라는 것이다.

업무분장을 이런 식으로 따지고 나면 그 다음으로 공무원들이 하는 일은 바로 법적 검토이다. 특히 새로운 업무를 추진하거나, 이전부터 지속적으로 수행하던 업무방식을 개선하고자 할 때 업무분장뿐 아니라 법적 검토라는 것을 하게 된다. 물론 긍정적·적극적 사고에서 할 수 있는 법률적 근거를 찾아내는 검토가 아니라, 부정적·소극적 시각을 갖고 할 수 없는 이유들을 찾아내는 검토이다.

새로운 업무가 시작되면 그만큼 업무분장상의 새로운 업무가 추가될 것이기 때문이다. 법적으로도 더 이상 일을 그만둘 충분한 사유를 발견할 수 없게 되면, 그 다음 순서로는 소위 전례라는 것을 찾게 된다. 다른 기관에서 이미 추진되고 있는지 없는지를 검토해보는 것이다.

이 경우 그 전례가 이미 있을 경우에는 별다른 문제가

없다. 신경영기법 중 하나로 벤치마킹이라는 것이 있다면 행정부문에서는 불문곡직 베껴먹기가 이미 관례화되어 있다고도 할 수 있기 때문이다. 그러나 전례가 없는 새로운 일을 처음 시도하는 경우에는 업무의 추진 자체가 보류되거나 지지부진할 수밖에 없게 된다. 도대체 어떤 방법으로든 업무가 늘어나는 것을 막는 것을 공무원조직의 유일한 목표로 설정하고들 있는 것이 아닌가 하는 극단적인 생각이 들 때도 있다.

민선자치시대를 맞아 변화하는 공무원

공무원들이 가장 흔히 하는 말이 검토해보겠다는 말이다. 행여 이 말을 들으면서 조만간에 업무가 추진되거나 조치가 취해질 것이라고 믿는 사람들이 있다면, 바로 그런 기대로 인해 실망감이 배가될 수밖에 없을 것이라는 추측도 가능하다. 업무분장 검토에서부터 법적 검토, 전례 발굴, 주민 여론조사며 정책효과 분석까지 맞추고 그 결과를 예산에 반영하기까지 걸리는 시간이 어느 정도나 될지는 아무도 장담할 수 없기 때문이다.

경쟁사회에서 경쟁력을 강화시키는 가장 중요한 요인 중 하나가 바로 시간개념이라면 공무원조직의 업무처리 과정에 소위 시 테크(時-Tech)에 대한 사고는 찾아볼 수가 없다. 일이야 지지부진하든 말든, 그저 주어진 시간만

큼만 일하면 그만이라는 생각이 팽배해 있는 것이다. 소위 시간에 대한 기회비용은 전혀 고려의 대상이 되지 못할 뿐이다.

말로는 국가경쟁력 10퍼센트 제고를 위해서 고비용 저효율의 구조를 개선해야 한다고 목소리를 높이면서도 정작 국가경쟁력을 약화시키고 있는 장본인이 바로 공무원사회인 것을, 행정조직이야말로 대표적인 고비용 저효율의 조직이었음을 아예 인식조차도 하지 못하고 있는 것이다.

복지부동이란 일을 하지 않는 것을 비난하고자 쓰는 말이 아니다. 차라리 그것은 일하려고 하는 의지가 보이지 않기 때문에 안타깝고 답답해서 하는 말이다. 이제 더 이상 업무분장을 따지면서 책임을 회피하고 변화를 거부할 수 있는 시기가 아니다. 우선은 제대로 된 행정 서비스를 받아야겠다는 주민들의 주인의식이 공무원들의 현실안주를 총체적으로 부정하고 있을 뿐 아니라, 그 동안 행정업무를 독점적으로 맡아왔던 공무원조직 자체가 각 자치단체별로 경쟁관계를 형성하게 된 것도 더 이상 무사안일과 복지부동을 용납할 수 없는 동력으로 작용하고 있다.

행정 서비스의 제공자와 행정수요의 주체 간에 그 동안의 일방적인 관계가 함께 하는 관계로 변화되면서 한편은 주인의식을, 또 다른 한편은 보다 투철한 봉사정신을 갖추어나가고 있는 것이 현재의 추세라면, 자치단체간의 경쟁적 관계는 공무원조직의 자기변화를 촉진시키는 촉매제 역할을 하고 있는 것이다. 자치단체간의 경쟁에서 밀리게 되면 이내 주인의식을 갖춘 지역주민들의 비난과 조소를 감수하지 않을 수 없게 된 것이다.

상황이 이럴진대 누가 열심히 일하고, 누가 적극적으로 나서서 일을 찾아 할 것이며, 누가 새로운 아이디어를 내기 위해서 고민하고 있으며, 과연 누가 자신의 업무에 대해서 자긍심을 갖고 기꺼이 모든 책임을 지고자 할 것인가를 항상 돌아보지 않을 수가 없다. 1천5백여 강서구 공무원들에게, 그리고 바로 나 자신에게 끊임없이 던지는 질문이다.

의지를 분명히 하여 행정의
영을 세우라

불법주차위반으로 스티커를 받은 운전자는 불법주차를 인정하기보다는 재수가 없었음을 억울해한다. 심야영업위반으로 과태료를 부과받은 업주는 심야영업이 불법이었음을 인정하기보다는 오히려 표적단속이라고 항의한다. 불법으로 운영되는 야시장을 철거하러 가면 예외없이 서민의 생존권을 묵살한다는 거친 반발에 직면하게 된다.

합법적으로 이루어진 행정행위라 할지라도 그 이면에는 언제나 모종의 그렇고 그런 거래(?)가 있을 것이라는 의혹을 제기하곤 한다. 심지어 행정서류를 챙기는 일이 조금만 늦어져도 급행료를 안 주어서 그러느냐는 비아냥을 듣기 일쑤이다.

이러니 공무원들은 일할 맛이 안 난다고 한다. 무슨 일을 하든 온통 불신의 눈초리로만 바라보는 형편이니 이래서야 어떻게 행정의 영을 세울 수 있겠느냐는 하소연을 안 할 도리가 없다는 것이다.

물론 이러한 불신풍조가 공무원 사회의 뿌리 깊은 부정과 비리에 대한 당연한 반응인지, 아니면 구체적인 근거도 없이 그저 막연한 선입견 때문에 그런 것인지는 한마디로 단정지어 이야기할 수는 없을 것이다.

연일 신문지상을 오르내리는 공직사회의 부정과 비리사건을 보고 있으면 전혀 근거 없는 불신도 아니고, 그렇다고 해서 일부의 비리를 공직사회 전체에 적용시킬 수도 없는 일이다.

한마디로 총체적 부정도 일방적 불신도 아니라는 것이다. 오히려 더 근본적이고 포괄적인 원인은 다른 곳에서 찾아야 하는 것이 합당하다고 나는 생각하고 있다.

우선 행정능력에 대한 고려 없이 마구잡이로 남발해대고 있는 각종 규제조치며 법령들이 그것이며, 기왕에 마련된 조치라면 그것들을 제대로 수행하고자 하는 행정의지의 결여에서 그 원인을 찾아볼 수 있을 것이다.

예컨대 심야영업을 단속하는 행정행위를 생각해보자. 밤 12시 이후에 영업을 하다 적발되면 적지 않은 과태료와 일정 기간의 영업정지라는 불이익을 당하는 것이 바로 심야영업이다.

그럼에도 불구하고, 일부 업소에서는 아예 삐끼라고 불리는 호객꾼들까지 고용하고, 비밀출입구까지 만들어서 적극적인 불법행위를 하고 있다. 적발이 되면 감수해야만 될 과태료와 영업정지 처분 정도는 아예 신경도 쓰지 않는 것이다. 도저히 손익 계산이 서질 않는데도 이런 뚝심을 보이는 것은 분명 어딘가 믿는 구석이 있기 때문일 것이다.

바로 그 언저리에 단속의 정보를 제공해주는 비리 공직자가 있는 것이다. 때때로 향응도 제공받고 정기적으로 상납도 받으면서, 그 대가로 단속정보를 흘려주는 것이다. 이러니 정작 단속기간이 되면 이런 업소들은 모두 단속망을 빠져나가고 어쩌다 잠깐 영업시간을 넘겼던 업소들만 공연히 걸려드는 꼴이 되고 마는 것이다.

소위 행간의 의미를 읽어보자면 차라리 단속에 걸리는 업소들이야말로 평소에는 영업금지시간을 준수하는 업소들인 것이다. 그러니 누군들 이런 행정행위를 납득할 수 있겠는가 말이다. 행정의 영이 안 설 수밖에 없는 것이다.

비리공직자가 있어 단속정보를 알려주기 때문이라면 정말 문제의 본질을 이해하지 못하고 있는 것이다. 문제는 단속정보를 알려주는 것이 아니라 단속정보라는 것이 별도로 존재하고 있다는 사실 그 자체이다.

심야영업금지라고 하는 행정의 영을 제대로 세우기 위

해서는 1년 365일 집요하게 이를 지켜내기 위한 일관성이
필요하다. 한 달 내내 별일 없이 지나치다가 어느 하루
날 잡아 단속하는 행정행위의 비일관성이 바로 단속정보
라고 하는 것을 만들어내는 것이다. 행정명령만 세우고
이를 지켜내겠다는 행정의 의지가 없는 곳에 바로 비리공
직자가 기지개를 펼 수 있는 토양이 만들어지는 것이고
행정불신의 씨앗이 뿌려지는 것이다.

현재의 인원으로는 상시단속이 도저히 불가능하다는 식
의 행정력 부족만을 탓할 일도 아니다. 만약 정말로 의지
가 있었다면 이를 제대로 지켜내기 위해서 별도의 인력까
지를 확보했을 테니 말이다. 예컨대 버스전용차선제는 이
를 수행하기 위한 의지가 있었기에 별도의 감시인력을 확
보하고 있는 것이다.

심야영업금지 조치는 무슨 일이 있어도 풀 수 없다고
하면서도 이를 지키기 위한 단속요원을 별도로 배려해주
는 경우를 나는 아직까지 알지 못한다. 한마디로 의지를
의심해보지 않을 수가 없는 것이다. 심야영업금지라는 영
을 세우기만 하면 서울의 밤에는 술 마실 곳이 없을 것이
라고 착각하고 있을 공무원들이야말로 행정불신의 풍조를
조성함에 있어서 비리 공직자보다 더 큰 책임을 져야 할
사람들이다.

행정불신 풍조를 해소하기 위해서는

한때, 우리 강서구에는 건축물 폐재류 중간집하장들이 불법, 또는 변칙적으로 여러 곳 운영되고 있었다. 폐재류 중간집하장은 건축물 폐재류를 모아 재활용할 수 있는 자재들을 걸러내곤 곧바로 매립지로 다시 반출해야 하는 곳이다. 그럼에도 불구하고 이들 업소들은 중간집하장에다 건축물 폐재류들을 무한정 쌓아놓기만 할 뿐이었다. 아무런 대책도 없이 그저 매립비용만 아끼겠다는 의도가 너무도 분명한 사안이었다.

이뿐만 아니라 무허가 골재체취업체들도 곳곳에서 온갖 불법을 저지르고 있었다. 허가도 받지 않은 채 골재나 모래 등을 퍼다가는 산더미처럼 쌓아놓고 있는 것이었다. 지역의 주민들은 연일 분진이며 소음의 피해를 진정하는 집단민원을 제기했고, 구청에서도 수시로 시정명령을 내렸음에도 불구하고 업체들은 전혀 아랑곳하지 않고 불법행위를 계속하고 있었다.

상황이 이렇게 전개되다 보니 지역의 주민들 사이에선 이 업소들과 구청 간에 모종의 그렇고 그런 거래가 오고가는 것이 아니냐는 불신과 의혹이 꼬리를 무는 것이었다. 이런 불신풍조를 해소하는 것은 어찌되었든 행정의 의지이다.

시정명령이 제대로 이행되는가를 확인하기 위하여 우리

강서구에서는 64명의 전담감시요원을 24시간 배치하여 적치된 폐재류들을 반출해내는 것을 밀착 감시토록 하였다.

이 작업이 모두 완료되기까지 4개월 정도의 기간이 소요되었다. 그러나 이 기간중에 업소들로부터의 항의는 있었지만 주민들은 불신의 눈초리도, 별도의 의혹도 제기하지 않았다. 구청의 행정의지를 모두들 확인하고 있었기 때문이다.

행정불신의 풍조가 어디에서부터 비롯되고, 행정불신의 풍조를 해소하기 위해서는 무슨 일을 해야 하는지를 깨닫게 해준 사례였다.

행정의 독선적인 사고를 버리자

생각해보면 행정명령이 아무런 의지와 노력이 없어도 제대로 이루어질 것이라고 착각해온 밑바탕에는 행정의 독선적 사고가 깔려 있었다고 해도 과언이 아니다. 예컨대 최근에 발효된 택시기사 완전월급제 같은 경우가 대표적인 사례라고 할 수 있다. 완전월급제를 실시할 처지가 아닌 다음에야 차라리 300만 원의 과태료를 물고 말겠다는 것이다.

행정명령만 내리면 안 되는 것도 되게 할 수 있다는 독선적 사고가 행정의 영 자체를 우습게 만든 것이다. 제대로 행정의 영을 세우겠다면 3년간의 유예기간이 있었으니 완전월급제가 실시될 때까지 행정조치들을 취하든가, 도 저히 안 되겠다 싶으면 공식적으로 실시보류를 결정해야 했다.

그런데도 불구하고 법은 그대로 두고 행정적 단속만 미 루는 눈 가리고 아웅 하는 식의 편의적 결정을 여기에도 예외없이 적용시켰던 것이다. 언젠가 반발이 누그러지는 시기가 되면 슬며시 단속의 손길을 뻗치겠다는 속내가 너 무나도 눈에 보인다.

청소년 보호법만 해도 마찬가지이다. 기왕에 과거의 미 성년자 보호법에 미진했던 부분을 강화시키겠다는 취지에 서 마련한 법이라면 이를 지켜내려는 강력한 의지가 필요 하다. 그러나 법은 발효시켰는데 그에 따르는 행정적 지 원책은 마련해놓았는지를 묻고 싶다. 아니할 말로 골목골 목의 구멍가게며 슈퍼마다 청소년에게 술·담배를 팔고 있는지, 서점에서 혹시나 청소년에게 유해한 도서를 팔고 있지는 않은지를 감시하고 단속하기 위해서는 몇 배의 행 정력이 요구된다.

미성년자 보호법만 해도 행정력의 부족으로 제대로 지 켜지지 못하고 있는 터에 청소년 보호법은 또 얼마나 제 대로 지켜지게 될지, 이로 인해 행정의 영은 또 얼마나 우스운 꼴이 될지 자못 불안할 뿐이다.

어쨌거나 일을 수행할 능력이 있든 없든, 의지가 있든

없든, 그저 국민들의 일상생활을 규제하고 간섭할 수 있는 법령들을 많이만 만들어놓는다면 언제든 제 편할 때 써먹을 수 있겠다는 생각만 하고 있는 것이다. 합법성의 테두리에서만 행정행위를 수행한다는 공무원들이 바로 그 합법성의 너울을 뒤집어쓰기 위해서 오늘도 법령들을 뒤지고 있는 것이다. 권장하고 지원하는 업무에 관련된 법조항들이 아니라 금지하고 제한하는 법조항들만을 찾아 헤매면서 말이다.

그중에서도 특히 명령은 살아 있되 수행할 의지도 수행할 능력도 빈약한 것들을 우선적으로 찾아 챙기고 있다. 바로 그 틈새에 행정편의라는 이름을 빌려 자의성을 개입시킬 여지가 있기 때문이다. 일관성과 형평성의 원칙이야 교과서에나 나오는 이야기고 원래 행정이라고 하는 것이 행정편의에 의해서, 또는 공무원들의 자의적 해석에 의해서 얼마든지 융통성을 발휘해도 상관 없을 것이라는 사고방식이 일을 그르치고 있는 것이다.

제 편할 때 한 번씩 단속할 수 있는 법이야 살아 있으니 별 생각 없던 택시회사는 하루 아침에 300만 원의 과태료를 내야 되고, 동네 구멍가게 주인은 50만 원의 벌금을 두들겨맞는 것이다. 자신의 잘못을 인정하면서? 천만에 재수없다는 생각만을 하면서, 또는 그보다 싼 값으로 거래할 수는 없을까 생각하면서 말이다.

법의 이름을 빌려 제 맘대로 해볼 여지나 생각하고 있
으면서 어떻게 행정의 영이 안 선다고 하소연할 수 있으
며, 왜 공무원 사회를 일방적인 불신의 눈초리로만 바라
보고 있느냐고 항의할 수 있다는 것인지. 나로서는 해줄
말은 있으되, 선뜻 말하고 싶은 심정은 아니다.

다만 의지를 분명히 하여 행정의 영을 세울 필요가 있
다. 쓸데없는 규제조치나 금지조항은 과감히 풀고 그 행
정력을 정작 반드시 지켜야 할 부문에 투입할 필요가 있
는 것이다. 모든 것을 처리할 능력이 어차피 안 된다면
우선 시급한 일부터라도 하나하나 추진하겠다는 의지가
반드시 필요하다.

작은 것을 챙기는 마음으로

볼 일이 있어 행정관청을 찾으신 분들 중에 민원사항을 해결하기보다 그 과정에서 벌어지는 공무원들의 작태로 인해 짜증이 나고 울화가 치미는 경험을 해보신 적이 한두 번이 아니셨을 것이다. 우선은 민원 접수창구에서 무뚝뚝하고 퉁명스러운 공무원들의 응대를 받게 되면서 시작부터 불쾌감을 느끼기도 하셨을 것이다.

"제 소관업무가 아닙니다."와 "지금 담당자가 자리에 없습니다."라는 말들을 수도 없이 들으면서 담당자를 찾아 이 부서 저 부서를 왔다갔다하실 때는 정말 내가 낸 세금으로 월급 받고 사는 공무원이라는 사람들이 이럴 수가 있나 하는 배신감도 느끼셨을 것이다.

그 와중에 또 얼마나 여러 번, 들고 온 민원사항을 설명하고 또 설명해야 했을지. 정작 담당자를 만나서도 듣는 둥 마는 둥의 무성의한 모습 때문에 치밀어오르는 울화를 참기 위해서 노력도 많이 하셨을 것이다. 그리고 정작 돌아오는 것이라고는 법적으로 안 되든지, 예산이 없든지, 아니면 권한이 없든지, 좌우간에 무조건 안 된다는 식의 대답이었을 테니, 이 단계가 되면 애당초의 방문목적은 온데간데 없이 사라지고 서로간에 언성이 올라가고 얼굴이 붉어지는 일촉즉발의 분위기만 남게 되는 법이다.

그나마 긍정적인 반응을 얻게 되는 경우에도 "곧 조치해드리겠습니다."나 "검토해보겠습니다." 정도의 응답만을 들을 뿐인데, 막상 돌아가서 그 조치를 기다리고 검토결과를 기다려본들 하세월이고 감감무소식이 되고 말던 쓰디쓴 경험을 저마다 갖고 있을 것이라고 생각된다.

행정은 최대의 서비스사업

행정은 최대의 서비스사업이라고들 한다. 그러나 그 서비스를 받으려는 시도 자체가 짜증스럽고 부담되는 일로 여겨진다면, 서비스를 제공한다는 공무원들을 차라리 불신의 대상으로만 간주하고 있다면, 또 그러한 느낌 자체가 잘못된 편견과 선입견에서가 아니라 경험으로부터 얻어진 것이라면, 행정은 서비스사업이라는 말을 운운할 자격조차 없을 것이다.

다행히도 지방자치제도가 실시된 이후 행정관청의 문턱이 많이 낮아지고 있다는 말들을 듣는다. 행정을 서비스로 규정한 이상 고객만족을 위하여 행정의 문턱을 낮추는 작업은 일견 당연한 것이다.

　전에 없이 새롭고 참신한 아이디어들이 반영된 행정제도 개선이 이루어지고 있다는 평가들도 있다. 주민편의 증진을 위해 모두들 고심하고 노력하고 있다는 증거가 아닐 수 없다. 저렇게 좋은 제도, 저렇게 참신한 아이디어들을 갖고 있었음에도 불구하고 왜 전에는 그것들을 시행하지 않았을까 아쉬운 마음이 들 때도 있다. 물론 만시지탄일지언정 주민들의 편의를 증진시키기 위한 노력이라는 점에서는 그 어느 하나도 가볍게 볼 수 없는 소중한 시도요 정책들일 것이다.

　주민들에게 최선의 행정 서비스를 제공하기 위해 정말로 많은 제도개선이 있었다. 때로는 워낙에 새로운 제도, 참신한 정책들이 각 자치단체별로 봇물처럼 쏟아지다 보니 차라리 제도개선 경진대회라도 열리고 있다는 느낌마저 들 정도이다. 개중에는 전국 최초의 시도라는 스포트라이트를 받으며 발표되는 정책들도 있고, 다른 자치단체가 추진하는 정책 가운데 효율성이 있다고 판단되는 제안들이 있으면 벤치마킹식으로 이를 원용하기도 한다.

　행정리콜제도를 신설해서 잘못된 행정처리에 대한 보상

을 실시하는 곳도 있으며, 민원처리결과 통보제를 실시하여 민원업무의 깔끔한 마무리에도 신경을 쓰곤 한다. 민원후견인제도나 One-stop민원해결제도와 같은 민원사항의 일괄처리를 도모하는 제도들도 개발되었다. 기다리는 행정이 아니라 찾아가는 행정을 기치로 걸고 순회민원접수제며 지하철역이나 기업, 공동주택단지의 관리사무소 등에 현장민원실을 운영하기도 한다. PC통신이나 ARS시스템 등의 장비를 사용한 민원접수며 전화응답기를 통한 민원콜백제도 등도 운영하곤 한다.

빈도수가 많은 민원을 중심으로 안내책자를 발간하기도 하고 구정소식지나 지역방송을 통한 민원안내 등도 적극적으로 추진되고 있다. 모두가 지방자치의 실시와 함께 발굴된 참신한 아이디어들이며 새로이 개선된 제도들이다. 지방자치가 실시되면서 행정관청의 문턱이 낮아지고 공무원들이 눈에 띄게 달라졌다는 평가를 받는 이유도 바로 이러한 제도개선의 노력이 있었기 때문이 아닌가 하는 생각을 한다.

그러나 때로는 이러한 시도 자체가 혹 행정수요의 주체인 주민만족을 위한 것이 아니라 자기만족을 위한 한건주의의 발상은 아닌가 하는 생각이 들 때도 있다. 주민편의를 위한 제도개선이 아니라 자치단체들간에 어디가 얼마나 많은 아이디어들을 발굴해내고 있는가 자체를 겨루는 잘못된 경쟁의식에 함몰되는 경우가 있기 때문이다.

얼마나 내실 있는 제도개선이고 어느 정도나 실익이 있는 참신한 아이디어인가에 대한 진지한 고찰보다는 그저 전국 최초의 시도니 획기적인 발상의 전환이니 따위의 거창한 수식어만을 바라는 자기만족을 위한 한건주의들이 심심찮게 나타나기도 하는 것이다.

이를테면 민원후견인제, 민원1회방문제, 또는 One-stop 민원해결제라는 새로운 제도들은 비록 그 명칭에 있어서는 차이가 있을지 몰라도 궁극적으로는 같은 방식으로 같은 목적을 추구하는 제도이다. 한마디로 책임을 맡은 담당자로 하여금 민원을 일괄처리토록 하는 같은 방식의 서로 다른 이름인 것이다.

이것이 서로 다른 이름으로 발표될 때마다 각 언론에서는 전국 최초라는 영예로운(?) 명칭을 달아주곤 한다. 바야흐로 정책개발 능력보다는 작명실력과 과대포장 능력으로 평가받겠다는 웃지 못할 일이 벌어지는 것이다. 물론 아이디어 자체가 참신하고 제도 자체가 주민의 편의를 위해서라면야 이를 원용하여 새로운 명칭으로 재포장해서 내놓는다 한들 별달리 문제를 제기할 이유는 없다. 어차피 남이 잘 하는 것을 보고 배워 이를 응용해가는 벤치마킹 기법이라는 것도 있으니 말이다.

다만 제도를 개선하고 주민편의를 위한 새로운 아이디

어들을 발굴해가는 과정에서 가장 아쉽게 생각하는 것은 작은 것 하나하나를 세심하게 챙겨내는 꼼꼼함이다. 사실 서비스에 대한 불만은 언제나 작은 것에서부터 시작하기 마련이다.

광택이 번드르르한 새로 산 차가 문을 열고 닫을 때마다 삐걱거리는 소리가 난다면 그 차가 얼마나 승차감이 좋고 얼마나 잘 달리는지는 아예 관심 밖의 일일 뿐이다. 정말로 고객만족에 최선을 다하는 서비스 정신을 갖고 있다면 아무리 작고 사소한 문제일지라도 소홀히 할 수가 없게 된다.

애프터서비스가 필요한 행정 개선책

최초의 시도여도 좋고 아주 획기적인 개선책이어도 좋다. 주장하는 겉치장만 그럴 듯할 뿐, 실제로 개선된 제도들이 소기의 목적과는 전혀 다르게 겉도는 일이 생긴다면 그런 제도개선은 차라리 하지 않느니만 못한 것이다. 주민을 고객으로 생각한다면, 또 행정이라는 서비스사업에 종사한다는 프로의식을 갖고 투철하게 스스로를 서비스 정신으로 무장시키고 있는 공무원이라면 마땅히 하나하나의 개선책들을 주민의 입장에서 점검해봐야 한다. 그래야 작은 것 하나, 소홀하기 쉬운 사소한 것 하나하나를 챙길 수 있기 때문이다.

언론의 찬사를 받으며 발표되는 제도개선책 가운데 애프터서비스가 제대로 되고 있는 행정 서비스 상품이 얼마나 되는지 나로서는 쉽게 확신이 서질 않는다. 어쩌면 그러기에 고객만족이 아닌 자기만족을 위한 제도개선이 아닌가 하는 생각마저 드는 것이다.

예를 하나 들어보자. 공무원사회에 만연되어 있는 책임회피의 문제를 해결하고 투명한 행정, 책임행정을 강조하기 위해 도입된 제도로 행정실명제라는 제도가 있다. 일부 지역에서 벌어진 공무원들의 지방세 착복 비리를 해소하자는 취지에서 도입된 이 제도는 지방세 부과 및 납입 과정에서의 투명성을 확보하기 위한 취지에서 도입된 것이다.

이후 지방세 관련 분야뿐 아니라 건축인허가 분야, 주차단속분야로 확대되었고, 지방자치 실시 이후에는 전국적으로 거의 모든 지방자치단체들이 대부분의 행정서류에 기안자의 실명을 기재하도록 하여 책임행정을 도모하는 수단으로 활용하고 있는 제도이다.

특히 민원인의 입장에서는 잘못된 행정처리의 시정이나 재검토를 요구할 경우 막연히 담당부서나 행정기관 전체를 상대하기보다는 구체적이고 명확한 책임의 대상을 규명할 수 있다는 점에서 행정에 대한 불신을 어느 정도 해소해줄 수 있는 유용한 성공사례로 평가받곤 한다. 때문에 대부분의 행정기관에서는 행정실명제를 도입하여 책임 행정을 이루도록 노력하고 있다.

물론 우리 구의 경우도 예외는 아니다. 그러나 그것만으로는 부족하다. 보다 철저한 서비스 정신을 갖고 행정실명제라는 서비스 상품을 뜯어보면 개선되어야 할 점이 분명히 드러나게 마련이다.

예전에 어떤 통신인이 PC통신에 올린 기막힌 사연이 있다. 이 민원인은 착오과세된 지방세 납입고지서를 들고 이의 시정을 요구하기 위해 모구청을 찾았다고 한다. 행정실명제에 따라 납입고지서에 적혀 있는 담당자를 찾은 이 민원인은 마침 담당자가 자리를 비우고 없다는 이야기를 듣고 한 시간 가까이 사무실에서 담당자를 기다렸다고 한다.

앉아서 기다리라고 자리를 마련해주는 사람도 없었고, 별달리 신경을 써주는 사람도 없었기에 무료하게 시간을 보내고 있던 이 민원인이 한 시간 만에 발견한 사실은 놀랍게도 처음에 담당자가 자리를 비우고 없다고 응대했던 바로 그 사람이 납입고지서에 적혀 있던 담당자 본인이었다는 것이다. 다른 일처리가 밀려서 그랬다는 변명을 들으며 멱살잡이를 안 하는 것이 그나마 다행인 줄 알라고 호통을 치고는 그 자리를 나왔다는 사연이었다.

서류에 담당자의 이름을 적어놓는 것만으로는 실명제

본연의 취지가 완전하게 달성되는 것이 아니다. 행여 우리의 서비스에 부족한 점이라도 없는가를 살피다 보면 이런 문제들을 발견할 수 있는 것이다. 분명히 애프터서비스가 요구되는 서비스 상품인 것이다.

우리 강서구에서는 이런 폐단을 해결하기 위해서 아예 모든 사무실 입구에 직원들의 얼굴사진과 함께 이름과 직급뿐 아니라 좌석배치까지 표시된 부서안내판을 붙여놓았다. 민원인에게 이름뿐만 아니라 얼굴과 좌석까지 공개함으로써 실명제 본연의 취지에 보다 더 가깝게 갈 수 있도록 한 것이다.

덧붙여 통일된 규격의 명함을 전 직원에게 제작해주어 민원인을 만나든 주민을 만나든 언제나 이 명함을 사용하도록 권하고 있다. 나를 알린다는 것은 그 일에 대한 책임까지도 지는 행위라는 것을 언제나 자신에게 다짐하도록 하기 위한 노력이다. 매일같이 서로 얼굴을 맞대고 근무하는 직원들끼리야 얼굴이며 이름이며 자리까지 새삼스럽게 사무실 입구에 붙여놓을 이유가 없다. 그러나 입장을 바꾸어 민원인의 눈으로 바라보면 사소할 수도 있을 이런 작은 일이 보이는 법이다.

또 하나의 예를 들어보자. 최근에 우리 강서구에서는 각 사무실에 횡렬식 아파트와 같이 방 번호들을 붙여놓았다. 구청을 찾는 민원인들이 부서의 표지판을 하나하나 들여

다보며 방문부서를 찾는 수고를 덜어주기 위한 조치였다. 물론 일련번호에 의한 층별 안내도도 새로이 제작해서 1층 현관에 게시해놓았다. 층마다 방 번호를 붙여놓는 것이 전국 최초일 수도 없고, 뭔가 획기적인 발상의 전환일 리도 만무하다.

그러나 남의 사무실을 찾았을 때, 사무실의 이름만으로 그 위치를 찾는 것과 일련번호가 붙은 방 번호로 그 위치를 찾는 것이 얼마나 차이가 나는지를 경험해본 사람이라면 이 사소한 조치가 누구를 위한 개선노력이었는지 이해할 수 있을 것이다.

사실 구청을 찾는 민원인들의 입장에서는 사무실에 방 번호가 붙어 있는 것이 변화된 모습이라는 것 자체를 의식하고 있을 리 만무하다. 너무도 당연한 일이라고 생각하고 있기 때문일 것이다. 그러나 그런 당연한 일들이 그동안은 눈에 보이지 않고 있었던 것이다.

공무원의 신분이 아니라 행정 서비스업에 종사하는 일꾼이라는 발상의 전환이 있었을 때, 주민만족을 위해 봉사하는 서비스 정신으로 투철히 무장되었을 때, 비로소 이런 작은 일들이 눈에 보이기 시작하는 것이다. 끊임없이 새로운 것을 만들어내는 벤처행정을 추구할 것인지, 사소하고 세심한 부분 하나하나를 챙기고 보완하는 애프터서비스 행정을 중시할 것인지 극단적으로 하나의 입장만을 고집할 필요는 없다. 다만 요즘에 봇물처럼 쏟아져 나오는 행정개선책들을 보면서 작은 것부터 챙기는 마음이 중요하다는 이야기를 하고 싶은 것이다.

친절은 습관이다

우리네 공무원들이 어느 정도나 불친절한지를 역설적으로 말해주는 우스개 이야기가 하나 있다. 그저 웃자고 하는 이야기라기보다는 현실의 모습을 너무나 적나라하게 풍자하고 있어 차라리 섬뜩하다고나 할까.

어느 아동상담센터에 한 어머니가 예닐곱 살 정도 되어 보이는 아들의 손을 잡고 찾아와서는 상담을 요청했다고 한다.

그 어머니의 고민은 하나밖에 없는 아들녀석이 워낙 버르장머리가 없어서 도저히 어떻게 해야 할지를 모르겠다는 것이다. 하나밖에 없는 자식이라고 오냐오냐 해가며 키웠더니 도대체가 어른들을 봐도 인사할 줄도 모르고, 언제나 뭔가 불만이 있는 듯 찌뿌둥한 얼굴로 있기 일쑤이며, 굳이 무슨 말을 시켜보아야 그저 만사가 귀찮다는 식의 건성대답만을, 그것도 반말조로 해대는 것을 듣고 있을라치면 그야말로 복장이 터질 지경이라는 것이다. 도대체 이 녀석이 이 다음에 커서 뭐가 될지 걱정이 앞선다는 이야기였다.

한동안 그 고민을 듣고 있던 상담원 왈, "별 걱정을 다 하십니다. 그러면 이 다음에 공무원 시키면 딱 알맞겠군요."라고 했다던가.

친절은 공무원 필수사항

매년 직원들을 대상으로 하는 예절교육 프로그램을 운영하고 있다. 관내 대한항공의 협조를 얻어 비행기 승무원들을 위한 교육 프로그램의 일부를 구청직원들에게 수강시키고 있는 것이다. 인사하는 법부터 시작해서 웃는 연습에 이르기까지 강좌의 내용은 한마디로 친절교육이라고 할 수 있다.

어쩌다 보니 이 강좌를 운영하고 있다는 신문기사가 나간 적이 있었다. 기사의 내용은 강서구청에서 행정 서비스의 질을 높이려는 노력의 일환으로 친절교육을 실시하고 있다는 설명과 지방자치가 실시되면서 나타나고 있는 바람직한 변화의 모습이라는 평가를 함께 담고 있는 것이었다.

    그렇지만 정작 나 자신은 이 기사가 나간 후 쥐구멍에
라도 숨고 싶은 심정이었다. 강서구청의 공무원들이 오죽
이나 불친절했으면, 초등학생들도 아닌 성인들을 대상으
로 예절교육까지 시켜야 했는지를 변명할 도리가 없었기
때문이다. 서비스의 질을 개선하려는 노력이 아니라 아예
행정 서비스라는 말 자체가 부끄러운 현실을 고쳐보기 위
한 궁여지책이었다는 것이 차라리 맞는 말이었다.

    친절교육을 받고 온 직원들의 이야기를 들어보면 교육
내용 중에 45도로 고개를 숙여 인사하는 것과 무엇보다도
웃는 얼굴을 만드는 것이 제일 어렵더라는 반응들이 나온
다. 인사하는 것과 웃는 얼굴을 만드는 것이 어렵다고 느
낄 정도였다면 그 동안 이런 기본적인 일들에 얼마나 무
관심했는지를 익히 알 수 있는 일이다.

    거울을 보면서 인사하는 법을 연습하고 웃는 모습을 연
출하다 보면 그 어색해 하는 모습에 스스로들 놀랄 수밖
에 없었다는 소감들을 들으면서 이 강좌가 전혀 성과가
없는 것은 아니었다는 생각을 하게 된다. 친절교육을 통
해서 불친절이 체질화되어버린 자신들의 모습을 발견했다
는 것만으로도 교육의 의미를 찾을 수 있었으니 말이다.

    그러나 모든 일이라는 것이 항상 그렇듯이 모두가 긍정
적인 결과를 얻는 것은 아니다. 그중에는 형식적인 친절
에 차라리 거부감을 느낀다는 직원도 있었고, 박봉에 쪼

들리고 업무에 시달리다 보면 정말 웃을 일이 없다고 정색을 하는 직원도 전혀 없지는 않았던 것이다.

때에는 그것이 공무원들이 내심 갖고 있는 본마음을 전하고 있다고 생각할지도 모르겠다. 그러나 형식적인 인사한마디, 가식적인 웃음 한 번 지어볼 성의조차 없는 사람이 마음에서 우러나오는 친절을 운운할 수 있을까? 물론 마음에서부터 우러나오는 봉사의 자세가 있다면 친절함은 당연히 겉으로 드러나게 되어 있다. 애당초 우리 공무원들이 그런 자세로 무장되어 있다면 위와 같은 우스갯소리의 대상도 되지 않았을 터이고, 그 나이에 예절교육을 따로 받을 필요도 없었을 일이다.

우리네 국민들은 어쩌면 마음에서부터 우러나오는 친절까지는 아예 기대조차 안 하고 있을지도 모를 일이다. 공무원들의 불친절에 행정관청을 찾는 일 자체를 짜증스러운 것으로 받아들이고 있는 국민들에게 마음에서부터 우러나오는 친절이니, 행정은 최대의 서비스사업이니 하는 따위의 이야기는 그야말로 씨도 안 먹힐 소리일 뿐이다. 건성인 인사라도 한마디 듣는 것이 퉁명스럽게 내뱉는 말부터 시작하는 것보다는 훨씬 나은 법이다. 잔뜩 찌푸린 얼굴을 보면서는 짜증부터 날 일이지만 웃는 얼굴에다 대고 비웃는 거냐고 항의할 사람은 없는 법이다.

마음에서부터 우러나오는 친절은 고사하고라도 속에서

야 무슨 생각을 하고 있든 겉으로는 허리를 굽히고 웃음을 보일 수 있어야 한다. 정 안 되면 하루 종일 웃고 있는 하회탈이라도 뒤집어쓸 수 있는 성의가 필요하다. 아무리 그것이 형식이요 가식이라 하더라도 최소한 노력은 하고 있다는 것만으로도 지금보다는 훨씬 나아지는 것일 테니 말이다.

봉급이 적어서 친절한 자세로 일할 기분도 안 나고, 그 월급에 하는 일은 또 얼마나 많은데 친절하기까지 바라느냐는 직원들을 보면서는 차라리 어이가 없을 뿐이다. 한마디로 일이나 줄여주고 월급이나 많이 주면 친절함도 한번 고려해볼 수 있다는 심사인데, 도대체가 이런 생각을 하고 있는 공무원들의 머릿속에는 월급과 친절은 정비례하며 업무와 친절은 반비례한다는 공식이라도 자리잡고 있는 것일까?

분명한 것은 행정이라는 서비스사업에 종사하는 공무원들에게 있어 친절은 조건부 선택사항이 아니라 가장 기본적인 필수사항이라는 것이다. 급여수준과 친절수준을 정비례의 관계로 생각하는 공무원들이 있다면 차라리 월급을 많이 주는 다른 직장이나 굳이 친절할 필요 없는 다른 업무를 찾아나서는 것이 속편할 것이다. 마찬가지로 일에 치이다 보니 친절할 여유가 없다는 공무원들이 있다면 도대체 일의 본말을 뒤집어놓고 무슨 일을 제대로 할 수 있겠는지를 묻지 않을 수 없다.

어느 백화점에서는 매일 아침 직원들을 모아놓고 허리를 굽혀 인사하는 연습을 시킨다고 한다. 미인 콘테스트를 준비하는 여성들은 하루에도 몇 시간씩 거울을 보면서 웃는 얼굴을 연습한다고 한다. 외국의 어느 항공사에서는 가장 짜증나는 상황을 반복적으로 연출하면서 승무원들이 웃는 얼굴을 항상 유지할 수 있도록 실전연습을 시킨다고도 한다.

친절교육 강좌에서 가장 강조하는 것도 계속적인 반복연습이다. 결국 친절은 습관이다. 때마다 친절교육을 받아도 그때 잠깐뿐이고 이내 찌푸린 얼굴로 돌아오는 것은 친절을 자신의 습관으로 만들어내지 못하기 때문이다. 잘못된 습관을 고치는 것이 없는 습관을 새로 만들어내기보다 어렵다는 것은 모두들 경험으로 알고 있을 것이다.

기업의 신입사원들을 대상으로 친절교육을 시키는 것보다 기존의 공무원들에게 친절교육을 시키는 것이 훨씬 더 어렵더라는 강사님들의 말을 옮길 것도 없이 우리네 공무원들은 이미 불친절의 습관에 길들여져 있는 것인지도 모른다. 오죽하면 어려서부터 찌푸린 얼굴을 하고 있는 아이가 어른이 되어 할 수 있는 유일한 일이라고는 공무원밖에 없다는 우스갯소리가 모두의 공감을 얻고 있을 정도이니 말이다.

옷차림도 전략

웃을 줄 모르는 공무원에 덧붙여 또 하나 짚고 넘어가야 할 것이 바로 공무원의 복장문제이다. 굳이 특정 유니폼을 입기로 되어 있는 것도 아닌데 어떻게들 그토록 천편일률적인 복장들을 하고 있는지 도무지 알다가도 모를 일이다. 기왕에 유니폼을 맞춰 입을 필요가 있는 것이라면 좀더 편안한 분위기를 조성할 수 있도록 디자인이며 색상에 신경을 쓰든가, 그것이 아니라면 좀 어울리는 차림으로 근무한다고 해서 누가 탓할 일도 아닌데 말이다. 여름철이면 흰색의 반소매 와이셔츠요, 다른 계절에는 오로지 점퍼 차림뿐이니 근무시간중의 분위기가 경직되어 있을 수밖에 없는 것이다. 이런 경직된 분위기이기 때문에 웃을 줄 아는 공무원들도 웃는 방법을 혹 잊어버리고 마는 것인지도 모를 일이다. 가뜩이나 찌뿌린 얼굴에 복장마저 천편일률적이니 일을 보러 온 민원인들이 절로 답답함을 느끼지 않을 수 없을 것이다.

예전에 황신혜와 유동근이 주연한 〈애인〉이라는 드라마가 장안의 화제가 된 적이 있었다. 유부남과 유부녀의 사랑이라는 주제 자체가 지극히 아슬아슬한 것이어서 화제가 되기도 했지만 유동근이 입고 나온 짙푸른 색의 와이셔츠가 특히 관심의 대상이었다는 가십성 기사를 본 적이 있다.

어차피 옷차림도 전략이고, 옷 한 벌을 제대로 입어 관심의 대상이 될 수도 있는 것이라면 자유로운 복장으로 근무 분위기를 바꾸는 것도 작지만 염두에 두어야 할 친절전략의 하나이다. 붉은 색깔의 점퍼를 없애고, 평상복으로 근무할 수 있게 하면서 구청의 분위기가 좀더 생기 있고 활기차게 변하고 있음을 느끼게 된다. 자유로운 복장 속에 직원들의 개성이 존중되면서 즐거운 마음으로 근무할 수 있는 환경이 조성되고 있는 것이다.

즐거운 마음으로 근무하다 보니 웃는 방법을 다시금 기억해내는 직원들이 생겨나고, 친절한 자세도 자연스러워지면서 민원인들도 한결 편한 느낌을 갖는 모양이다. 구청을 찾은 민원인들을 대상으로 한 설문조사에서 지방자치가 실시되면서 가장 눈에 띄게 변화한 것이 무엇이냐는 질문에 공무원들이 훨씬 친절해졌다는 응답이 43퍼센트, 구청의 분위기가 주민편의 위주로 변했다는 응답이 37퍼센트로 나타나고 있는 것을 보면 말이다.

하기야 색깔 있는 와이셔츠에 좀 튄다 싶은 넥타이를 매고 민원인에게 허리 굽혀 인사를 했더니 오히려 상대방이 어색해 하더라는 직원들도 있다. 혹시 웨이터 출신이냐고 묻던 주민도 계셔서 웃기는 했지만 조금은 쑥스럽더라는 것이다. 공무원들의 불친절에 주민들도 이미 습관이 되어 있었던 모양이다.

명색이 주민이 주인 되는 지방자치시대에, 피차간에 불친절을 당연한 것으로 여기고 있으니 문제도 보통 문제가 아니다. 그러나 주민의 입장에서는 공무원들의 불친절에 익숙해져 있으되 불쾌함까지 포기하고 있는 것은 아니다. 언젠가는 반드시 그 인내의 한계가 오기 마련이다. 몸에 밴 불친절로 우리 주민들의 인내의 한계를 시험해볼 배짱을 부릴 것이 아니라, 하루빨리 잘못된 습관을 고쳐 친절습관으로 재무장할 필요가 있다. 결국 친절의 습관이 몸에 배어야만 이를 통해서 친절의 진심이 마음으로부터 우러나오게 되는 것이다.

유세차 현고 사무관?

　경제상황이 상당히 어렵게 돌아가고 있는 모양이다. 눈
만 뜨면 기업의 부도 기사가 온통 신문지면을 메우고 있
고, 금융위기니 주식시장 붕괴니 하는 가슴 철렁한 이야
기들이 예사로 들리고 있다. 또 주변에서는 조기퇴직이니
명예퇴직이니, 또는 정리해고제니 하면서 직장을 잃는 사
람들도 적지 않은 것 같다.

　지방자치단체의 입장에서도 그냥 있을 수가 없어서 명
예퇴직자를 위한 협의회도 구성하고, 취업안내센터를 설
립하여 취업정보도 제공하는 등 나름대로의 지원책을 강
구하고 있다. 그러나 솔직히 근본적인 대책을 마련할 정
도의 수준은 아니다.

　이러다 보니 공무원이라는 직업이 새삼 각광을 받고 있

는 것 같다. 비록 급여수준은 일반기업에 비해서 떨어질지는 몰라도 업무에 대한 스트레스도 훨씬 적고, 최소한 평생직장을 보장받을 수 있다는 장점이, 공무원을 선호하는 이유라는 것이다.

이러한 이유가 맞는 것인지를 판단해보기에 앞서 어쨌거나 공무원만큼 널널한 직업도 없다는 것이 선호의 이유가 되고 있으니 나름대로는 안타까울 뿐이다. 직업을 통한 성취욕구나 공복으로서의 사명감보다는 그저 편하게 근무할 수 있는 직업이기에 선택하겠다니 말이다.

그러나 사실 공무원이라는 직업이 생각하는 것만큼 그렇게 속 편한 직업인 것만은 아니다. 우선은 지나치다 싶을 정도의 박봉에 시달리고 있을 뿐 아니라, 민원인을 상대해야 하는 업무의 성격상 근무중에 겪는 스트레스도 생각만큼 만만한 것이 아니다.

더구나 원인이야 어디에 있든 공무원들을 보는 사회적 인식이 그리 고운 것이 아니기에 애써 일하고도 별 보람을 느끼지 못한다는 하소연들이 절로 나오기도 하는 모양이다. 그러나 그 무엇보다도 공무원들에게 힘든 것은 심각한 인사적체 문제이다. 9급 서기보로 출발해서 6급의 주사가 되기까지 적어도 17년에서 20년 정도가 걸리는 형편이니 말이다.

공무원 사회에서 자조적으로 오고가는 농담 중에 '유세

차 현고 사무관'이라는 말이 있다. 예전 조선시대 때는 당상관 이상의 공직을 맡게 되면 족보에도 오르고, 죽어 장례를 지내거나 제사를 지내도 '유세차 현고 당상관 누구누구' 하는 식으로 제문이나 지방을 쓸 수 있었다. 조선시대의 당상관 자리라면 오늘날의 사무관급에 해당하니 기왕에 공직사회에 발을 디딘 이상, 사무관까지는 올라가야 보람이라도 있지 않겠느냐는 이야기이다.

족보나 제문이라도 번듯하게 쓰려면 무슨 수를 써서라도 진급을 해야 하지 않겠느냐는 자조 섞인 이야기일 수도 있고, 사무관 승진을 위해서 애를 쓰다 보니 그야말로 장례라도 치러야 할 판이라는 섬뜩하기까지 한 농반 진반의 이야기이다. 이런 상황이니 공무원이라고 마냥 맘편한 것만은 아니다.

이런 뜻에서 구청에 근무하시는 어떤 계장님의 이야기를 소개해보고자 한다. 굳이 특정인의 이야기라고 생각할 필요는 없다. 공무원들이라면 누구나 공감할 수 있는 그런 이야기일 뿐이다. 아니 너무나 보편적인 이야기라서 공무원 사회에서는 이야깃거리 축에도 들지 못할 그런 이야기이다.

사실 공무원 사회에서 6급이라면 기초자치구의 경우 계장급에 해당한다. 9급부터 시작하면 20여 년, 7급 공채로 공직생활을 출발한다고 해도 최소한 10년 이상을 근무해야 6급 주사로 승진할 수 있기에 행정경험이 결코 만만하지가 않다.

더구나 부르는 호칭이야 공무원조직이기에 어쩔 수 없이 계장이지, 사실상 구 행정의 일차적 결재권을 갖고 있는 실무분야의 책임자급이라고 할 수 있는 위치이다. 구청장을 대신하는 전결권을 행사할 수도 있는 권한이 주어져 있으므로, 일반 기업으로 따진다면 부서장급에 해당한다고 할 수 있는, 그야말로 구 행정의 핵심역할을 담당하고 있는 직급이다.

그런 핵심적인 자리에 있는 공무원들이 지금 흔들리고 있는 것이다. 이들이 흔들리고 있기에 또 그만큼 구 행정에 있어서의 인력 누수현상도 심각하다. 굳이 구구한 설명을 붙일 필요도 없다. 다만 어떤 상황인지 들여다보고 나름대로의 판단이 있으시길 기대해본다. 소설이라고는 읽어본 적은 있어도 직접 쓸 생각은 꿈에도 해보지 않았지만, 기왕에 공직사회에 계신 분들이 아니라면 설마 그 정도까지일까 싶은 소설 같은 이야기이니 소설 같은 제목이라도 하나 붙여보련다. 〈계장님, 계장님, 우리 계장님〉 정도면 어떨까 싶다.

계장님, 계장님, 우리 계장님

퇴근시간과 동시에 가방을 챙겨 들고 학원으로 달려가

야 하는 내 모습이 새삼 처량하다. 비록 승진시험을 준비하기 위해서 고시학원을 다니는 것이지만, 20대의 대학생들과 함께 강의를 듣는 것이 썩 어울리는 일인 것 같지는 않다. 40대 후반에 학원에 가겠다고 칼퇴근을 하는 모습을 직원들이 어떻게 생각할까 싶어 조금은 미안한 마음도 없지는 않다.

그래도 조금 위안이 되는 것은 학원에 나 같은 처지에 있는 중년의 학원생들이 적지 않다는 점이다. 공부도 다 때가 있는 것이라 하던데, 그 때를 기다리다 벌써 20여 년이 흘렀다. 20대 중반에 공무원 생활을 시작해서 그나마 승진시험을 볼 수 있는 주사가 되기까지 20여 년이라는 세월이 흐른 것이다.

승진 때마다 별로 뒤처진 적도 없건만 이 나이가 되어서야 겨우 시험공부라도 할 수 있는 자격이 생겼으니 새삼 왜 공무원이 되었던가 후회도 된다. 일반기업에 들어간 친구는 벌써부터 부장소리를 듣고 있는 판이니 아무리 조직체계가 다르다고 하더라도 이제 겨우 계장이라는 처지가 답답할 뿐이다.

어제 공무원 동기 모임에서 만난 친구 중 하나는 오히려 내가 한심하다는 식이었다. 자기야 어차피 만년 7급이지만, 자기나 나나 사무관이 안 될 바에야 정년 58세는 똑같은 것이고, 월급 차이가 얼마나 난다고 그 나이에 학원까지 다니면서 아둥바둥거릴 필요가 있겠느냐는 것이다.

'유세차 현고 사무관' 소리라도 들어보겠다고 그렇게 무리하다가는 정말 '유세차 현고 사무관'이 될 수도 있다고 껄껄거리던 그 친구를 보면서 또 다른 답답함을 느낄 수밖에 없었다. 본인 스스로에게도 답답한 일일 테지만, 조직 전체를 보더라도 문제가 아닐 수 없다는 생각이 들었기 때문이다.

행정의 효율성을 떠들고, 고비용 저효율의 구조를 극복하자고 백날 떠들면 뭐하나 싶다. 그야말로 동기부여가 제대로 되지 않는 판에 말이다. 아니할 말로 직급별 정년제라도 채택해야 하지 않을까 싶기도 하다. 에구, 남 걱정할 일이 아니다. 당장에 내 코가 석 자이니.

어쨌거나 열심히 해야겠다는 마음의 각오를 다질 뿐이다. 들리는 이야기로는 동사무소에 근무하는 모 계장은 벌써 전과목을 세 바퀴나 돌렸다고 하지 않던가? 나보다도 늦게 진급한 친군데 벌써 그 정도라니 대단하다는 생각도 들고, 한편으로는 좀 심했다는 생각도 든다. 해야 될 업무는 뒷전에 팽개치고 시험공부나 하고 있으니 정작 일은 누가 하나 싶다.

하기야 출근도 하지 않은 채 아예 짐 싸들고 고시원이나 절로 들어가는 사람도 있는 판이니 그나마 자리라도 지키고 있는 사람들이 조금은 더 양심적인 것일까? 모를 일이다. 어쨌거나 정작 시험발표가 나고 나서 준비하기에는 시간이 부족할 뿐만 아니라 미리부터 준비해온 사람들과는 아예 경쟁이 되지 않을 뿐이니 양심을 찾기에 앞서 배짱 없음을 걱정하는 것이 차라리 맞는 말일지도 모른다. 근무야 열심히 했거나 말거나 시험성적이 모든 것을 말해주니 말이다.

내일까지 보고해야 하는 업무가 완전히 마무리되지 않아 찜찜한 구석이 없는 것도 아니지만 경쟁에서 질 수 없다는 생각에 마음을 다잡기로 했다. 이달 들어 벌써 두 번이나 빠졌으니 이런 식으로 공부해서는 경쟁에서 이길 방법이 없는 것이다.

한편으로는 이번 승진시험에 응시할 기회는 생길까 걱정도 된다. 사무관 자리가 세 자리 정도 비었으니 시험볼 기회는 9명에게 주어지는 셈인데 영 자신이 서지 않는다. 고참주사들이 워낙 많다 보니 주사 6년차에게까지 기회가 올지 모르겠다.

하기야 6급으로 승진하자마자 시험공부에 들어가면서 언젠가는 기회가 오겠지라고 속편하게 생각하는 사람도 있고, 예닐곱 번씩 시험을 보면서 '될 때까지 계속'을 외치는 사람도 있는 판이니 기회가 주어지면 좋고 안 되면 다음 기회를 기다리면서 준비나 열심히 해둘 일이라고 생각을 고쳐먹는 것이 차라리 맘 편하다.

그런 점에서 지금 근무하는 부서는 너무 바쁘다는 생각도 든다. 계장들 처지를 뻔히 이해하고 있을 과장도 지나치게 빡빡한 것 같다. 어차피 두 마리 토끼를 쫓을 수 없을 바에야 차라리 한 우물만 파야겠다.

기왕에 시험공부는 해야 할 판이니 다음 인사 때는 조금 한가한 부서나 동사무소로 옮길 궁리를 지금부터 해야 할 듯싶다. 그래야 시간 내기가 덜 부담스러울 테니 말이다. 내일은 출근하는 대로 어느 부서가 제일 만만한 곳인지 한번 알아봐야겠다.

책임행정을 강조하고 계장들이 봉사의 자세로 무장해서 세심한 것까지 꼼꼼하게 챙겨야 한다고 항상 강조하는 민선구청장에게는 미안한 일이지만 말이다.

4장

돈청장, 땅청장, 데모하는 청장

돈청장, 땅청장

　담배를 끊어야겠다는 생각이야 이미 오래 전부터 하고
있었지만 하루에도 두 갑 이상을 피워대는 줄담배인 처지
에 막상 금연을 결심하기가 그리 쉽지 않다. 당장에 끊지
는 못하더라도 조금씩이라도 줄여나가야 할 텐데 이 글을
쓰고 있는 지금 이 시간에도 나도 모르는 사이에 담배에
손이 가 있다.

　언제부터인가 이러저러한 모임에 나가 보면 담배를 피
우는 사람보다는 안 피우는 사람의 수가 점점 더 늘어나
고 있는 것 같다. 아직은 담배 피운다고 해서 경멸의 대
상으로까지 취급받을 정도는 아니지만 외국의 경우나 요
즘의 사회분위기로 볼 때, 조만간에 담배 한 대 피우기
위해서 몸 숨길 곳을 찾아다녀야 할지도 모르겠다.

이렇게 사회적으로 천대받기 시작한 담배임에도 불구하고, 이 담배에 대해서 새삼스레 유별난 관심을 보이고 있는 사람들이 있으니, 바로 서울시 25개 기초자치구의 구청장들이 바로 그들이다. 물론 유독 구청장들만이 담배가 건강에 백해무익하다는 사실을 모르고 있어서 남다른 관심을 보이고 있는 것은 아닐 것이다.

아니 사실을 말하자면 서울시의 구청장 가운데에서 담배를 피우시는 분들은 한 손으로 꼽기도 그리 쉽지 않을 정도로 개인적으로는 대부분 담배를 멀리 하시는 편이다. 그럼에도 불구하고 담배에 대한 이야기만 나오면 모두들 정색을 하시는 이유는 바로 담배판매시에 부과되는 담배소비세 때문이다.

담배소비세가 한 해 평균 4천억 원을 넘어서는 마당에, 이 정도의 재원을 자치구들이 확보할 수만 있다면 구의 열악한 재정상황을 개선하는 데 큰 도움이 될 것은 자명한 일이다. 이러니 담배에 대한 사회적 여론이 아무리 험악하다 하더라도 담배에 대해 각별한 관심들을 보일 수밖에.

그렇지만 워낙 돈이 관련된 문제라면 부부지간에도 다툼이 일어나고, 형제지간에도 등 돌리는 일이 생긴다고 했는데. 물경 4천억 원이나 되는 결코 작지 않은 돈보따리를 둘러싼 문제이다 보니 서울시와 자치구 간에, 또 자

치구 사이에서도 누구나 납득할 수 있는 그럴 듯한 해결
책을 마련하기가 여간 어렵지 않은 터이다. 물론 자치구
의 기본 입장이야 현행 시세로 되어 있는 담배소비세를
구세로 전환시켜달라는 것이지만, 서울시의 입장은 어떤
경우라도 담배소비세는 포기할 수 없다는 것이다.

그렇다면 담배소비세와 비슷한 세입규모인 종합토지세
와 담배소비세를 서로 맞바꾸자는 대안에 대해서는 일부
자치구에서 극렬한 반대의 입장을 표명하고 있다. 세목의
성격에 따라 지방자치에 부합되는 분류기준을 만들 필요
가 있다는 주장이나, 자치단체간의 형평성의 원칙을 우선
적으로 고려해야 한다는 주장이 아무리 합리적인 것이라
하더라도 내 가진 돈 빼앗길 수 없다는 맹목적인 이기주
의에 직면해서는 도통 우이독경일 뿐이다. 그렇지만 주장
하는 내용이 정당한 이상 최종적인 결론이 난 것이라는
생각은 하지 않는다. 가진 자의 정의가 득세할지 형평을
요구하는 목소리가 힘을 얻을지 아직도 목하 진행형일 뿐
이다.

돈보따리, 심술보따리

담배소비세를 구세로 전환시킬 수 없다는 서울시의 입
장은 애초에 그 어떤 합리적 근거를 두고 하는 이야기가
아니니 크게 신경 쓸 일도 아니다. 담배소비세를 구세로

전환시켜달라는 건의가 수차례 계속되었음에도 불구하고 무조건 불가만을 고집하던 서울시가 종합토지세와 맞바꾸자는 대안에 대해서는 두말없이 냉큼 이를 받아들였던 것만 보더라도 알 수 있다. 서울시의 입장에서는 합리적 세목조정이라든지 자치단체간 형평성의 주장 같은 것은 애당초 관심 밖의 사항이었을 뿐이다.

그저 내세우는 주장이라고는 4천억 원대의 세입규모를 포기하면 서울시의 행정사무에 막대한 지장을 초래할 수도 있다는 것 정도인데, 어차피 교부금이나 양여금의 형태로 구 재정을 지원하고 있는 마당에, 담배소비세를 포기하는 대신 교부금과 양여금의 수준을 줄여나간다고 해서 무슨 큰 차이가 있을까 싶은 것이다.

그러기에 4천억 원대의 담배소비세를 바라보는 시의 입장은 시의 살림을 꾸려나감에 있어 유용한 재원을 포기할 수 없다는 입장이 아니라, 자치구의 행정사무를 통제하고 개입하는 수단으로서의 돈보따리를 포기할 수 없다는 입장에 다름 아닌 것이다.

구의 재정지원 요청이 있을 때마다 생색내는 거드름의 기쁨을, 구의 예산편성을 통제하고 그 집행을 감시하면서 칼자루를 쥐고 있다고 생각하는 그 권위주의적 사고를 도통 포기할 생각이 없는 것이다. 그러니 담배소비세가 되었든, 종합토지세가 되었든 돈보따리만 쥐고 있으면 무엇이든 상관없다는 태도를 보일 수밖에.

그러면서도 기회만 있으면 구의 재정상태가 열악해서 구 살림을 서울시가 떠맡고 있다고 불평이나 하고 있고, 심지어는 재정자립도에 따라 지방자치구의 권한을 제한할 수 있는 부분자치제도를 실시하자고 목청을 드높이는 경우까지 있으니, 과연 이들이 지방자치를 실시하는 취지가 무엇인지를 이해나 하고 있는지 의심스럽기 짝이 없을 뿐이다.

종합토지세와 담배소비세의 교환을 반대하는 일부 자치구의 입장을 이해 못 할 일은 아니다. 세목조정으로 당장에 구 세입의 감소가 예상되는 자치구에서야 어찌되었든 이를 꺼릴 수밖에 없는 일이기 때문이다. 그렇다고 해서 현재와 같이 비합리적으로 분류되어 있는 세목에 근거해서 내 몫만을 주장하는 것까지 이해할 수는 없는 일이다.

애당초 내 것이었던 것을 빼앗긴다는 생각을 할 것이 아니라, 우리 모두의 것을 그 동안 나 혼자 너무 독식해온 것이 아닌가를 생각해야 하는 것이다. 생각해보면 담배소비세나 종합토지세나 전체적인 세입규모에 있어서는 별반 차이가 없다. 그러나 자치단체별로 볼 때는 엄청난 불균형이 존재한다.

소비과세의 성격을 띠는 담배소비세와 재산관련 세목 중 보유과세의 성격을 띠는 종합토지세 간에 지역적 편차가 너무도 크게 나타나고 있는 것이다. 예컨대 같은 4천억 원대의 세입규모라도 담배소비세가 지역간에 상대적으로 고른 편차를 보이는 반면, 종합토지세의 경우는 전체 세입의 절반 정도가 땅값이 비싸다는 강남구, 송파구, 서초구, 중구 등 4, 5개 자치구에 편중되어 있는 것이다.

물론 지역간 편차가 극심하다고 해서 자치단체간의 형평성만을 주장하며 남의 몫에 눈독을 들이는 것은 아니다. 문제는 애당초 종합토지세라고 하는 세목 자체가 서울시의 경우에는 자치구의 세입으로 편성될 성질의 것이 아니라는 것이다.

알다시피 종합토지세라고 하는 것은 한마디로 땅값을 반영하는 세목이다. 같은 면적의 토지라고 해도, 지목상의 용도에 따라서, 위치에 따라서, 또는 이미 개발이 완료되었는가, 아직 개발되지 않은 땅인가에 따라서 공시지가가 다르게 적용될 수밖에 없다.

그런데 이러한 모든 요인을 결정하는 권한이 서울시에서는 광역자치단체에 주어져 있다. 도시계획 권한이나 도시개발의 권한, 그 우선순위를 결정하는 권한 등등이 자치구에는 단 한 가지도 위임되어 있지 않고 전적으로 시가 이를 주관하고 있는 것이다.

자치단체간의 재정불균형을 해소하는 방법

예컨대 지하철과 같은 경우를 한번 생각해보자. 지하철의 노선을 정하고, 어느 노선을 우선적으로 건설할 것인가를 정하는 것은 시의 권한사항이다. 그런데 지하철이 운행되는 지역은 역세권에 따라 토지의 용도가 변경되고 땅값이 오르게 된다. 그렇다면 이 지하철 건립비용은 수익자 부담의 원칙에 따라 노선 주변의 시민들이 부담하는가? 그것은 아닐 것이다.

서울시 지방세의 세입이 되었든, 공채를 발행하거나 차관을 도입하였든 지하철의 건설비용은 서울시민 전체가 부담하고 있는 것이다. 반면에 지하철이 건설됨으로 땅값이 오르게 되면, 이 땅값을 반영하는 종합토지세의 증액분은 과연 누구를 위해서 활용되어야 하는가? 비용을 분담한 서울시민 전체의 몫이 되어야 하는 것은 상식에 속하는 문제이다.

오늘날 강남구, 서초구, 송파구, 그리고 중구의 땅값이 높이 책정되어 있는 것은 그 동안 서울시민 전체가 부담해서 도시 기반시설을 완비해놓았기 때문에 가능한 일이었다. 도시개발이라는 측면에서는 서울시민임을 강조하면서 비용을 공동부담하게 하고, 이의 결과를 향유함에 있어서는 해당 자치구의 구민들만이 대접을 받도록 하겠다는 발상은 한마디로 재주 부리는 것은 곰에게 시키고 그

수입은 혼자서 독식하겠다는 것에 다름 아닌 것이다.

　이렇게 지역간의 세입편차가 극심하다 보니 종합토지세를 많이 거두어들이는 자치구에서는 돈쓸 일이 걱정인 행복한 고민들을 하고 있다. 물론 돈이라고 하는 것이 쓰기로 마음만 먹으면 얼마가 되었든 쓰지 못할 바는 아니지만, 어느 지역에서는 동사무소 건물도 제대로 확보하지 못해서 여기저기로 셋방살이를 하는 곳이 있는데, 어느 지역에서는 청사 내에 당구장을 설치하기도 하고, 멀쩡한 가로등을 교체하기도 한다. 심지어는 지역 청소년들에게 스키강습을 시키는 경우도 보았다.

　가진 게 돈밖에 없다는 티를 꼭 그런 식으로 내야 하는지 여간 찜찜하지가 않다. 관내 공수부대의 협조를 받아 지역의 청소년들에게 극기훈련을 시키는 교육 프로그램을 마련했던 우리 강서구는 그렇다면 없는 티를 낸 것이라고 행여 우리 청소년들이 오해나 하지 않을지 걱정이다.

　어쨌거나 자치구세의 세입항목의 편차가 이렇게 크다 보니 구청장협의회 자리에서 이따금 농담삼아 돈청장, 땅청장이라는 말들을 하곤 한다. 발음에서 풍기는 느낌이 좀 그렇기는 하지만 돈청장이란 돈이 많은 자치구의 구청장이라는 말이니 불필요한 오해는 없었으면 한다. 거꾸로 없는 것은 돈이요 가진 것은 땅밖에 없는 지역의 구청장을 일컬어 땅청장이라고 하는데, 아마도 강서구가 서울시에서는 대표적인 땅청장이라고 할 만하다.

그런데 문제는 이미 종합토지세의 세입규모를 정하는 공시지가가 높이 책정되어 있는 지역, 이른바 돈청장이 계신 지역들은 상대적으로 개발이 이미 완료되어 있는 지역들이라는 것이다. 한마디로 크게 돈쓸 일이 별로 없는 지역인 것이다. 거꾸로 땅청장들에게 가장 필요한 것은 도시개발에 투자할 수 있는 재원이다. 그런데 이런 지역일수록 구 세입에 있어 결코 적지 않은 비중을 차지하는 종합토지세의 세입은 적을 수밖에 없다.

결국 도시개발이 미진해서 공시지가를 높이 책정할 수 없게 되고, 그러다 보니 종합토지세의 세입이 적을 수밖에 없고, 또 이렇게 재원마련이 안 되다 보니 적정 수준의 도시개발을 할 수 없는, 이른바 빈곤의 악순환이 계속되고 있는 것이다.

종합토지세가 지역주민의 기본재산과 관련된다는 점에서 자치구세의 세입으로 편성되어야 한다는 원칙론에 반대하는 것은 아니다. 그러나 정말 이것이 원칙이라면 근본적으로 도시계획권이나 도시개발에 관련된 권한을 자치구에서 행사할 수 있어야 한다.

이런 점에서 서울과 같은 광역시를 제외한 다른 지방의 경우 기초자치단체의 세목으로 종합토지세를 편성하고 있는 것은 분명 서울과 다른 상황이다. 이 지역들에서는 도시계획의 권한을 광역이 아닌 기초자치단체가 행사하고 있기 때문이다. 권한은 주지 않으면서 이것으로부터 파생되는 종합토지세라는 열매는 기초자치구로 넘겨주는 서울시의 세목분류를 받아들일 수 없는 가장 큰 이유가 바로 여기에 있는 것이다.

다만 일부라도 도시계획이나 개발권한을 자치구에 위임한다면 굳이 종합토지세의 자치구세 분류를 반대할 이유가 없다. 지금은 땅청장이지만 언젠가는 스스로의 노력으로 돈청장이 될 수도 있기 때문이다.

그러나 지금처럼 권한이 서울시에 독점되어 있는 상황이라면 종합토지세와 그 비슷한 규모의 담배소비세를 바꾸는 것이 차라리 정당한 일이다.

우리 지역 주민이 내는 종합토지세를 다른 지역의 발전을 위한 재원으로 사용할 수 없다는 이기주의적 발상을 지방자치를 실시하는 이유라고 강변하는 분들이 계시다면 한마디 말씀을 드리고 싶다. 정말 그것이 지방자치라고 생각하신다면 앞으로 지하철 공채며 차관에 따른 상환금과 이자를 당신들이 부담하라고 말이다. 지방자치의 또 다른 측면 중에 수익자 부담의 원칙이라는 것도 분명 있을 테고, 언제나 원칙이란 자기 편한 대로만 적용하는 것이 아니기 때문이다.

그나저나 담배소비세와 종합토지세가 교환된다면 안 그

래도 하루 두 갑을 피워대는 처지에 담배를 더 피우게 되지나 않을지 걱정이다. 내가 피우는 담배가 구 재정을 살찌운다는 나름대로의 명분이 생겨날 터이니 말이다.

일방통행론

구청장 업무를 시작하면서 참 묘하다고 생각했던 것이 하나 있었다. 구청장실로 직접 통하는 비상구가 있는 것이 묘해서 이를 없애는 일부터 업무를 시작한 것은 그렇다 치고, 또 다른 묘한 일은 구청장실에 정체 모를 전화기가 한 대 따로 놓여 있는 것이었다.

구청장실의 행정전화나 외부로 통하는 일반전화나 모두 키폰 한 대로 서로 연결될 수 있는 시스템을 갖추고 있음에도 불구하고, 키폰으로는 전혀 연결이 안 되는 하얀 전화기가 못내 호기심을 자극하였다.

수화기를 들어보면 분명히 사용할 수 있도록 회선이 연결되어 있는 전화기임에도 불구하고, 일반통화를 할 수도 없고 그렇다고 외부로부터 전화가 걸려오지도 않는 이 정체 불명의 기계는 도대체 어디다 쓰는 것인지 도저히 그 궁금증을 참을 길이 없었다.

호기심이 발동하고 궁금증이 뭉게뭉게 일어나도 이를 속시원히 풀 수가 없다면 찜찜하지 않을 수 없기에 결국에는 구청 살림을 책임지는 총무과장에게 그 전화기의 용도를 물어볼 수밖에 없었다.

"총무과장님, 제 방에 있는 그 하얀 전화기는 도대체 언제 쓰는 겁니까?"

"어떤 전화기 말씀입니까?"

"제 책상에 놓여 있는 전화기 말입니다. 분명히 회선도 연결되어 있는 것 같은데 밖으로 전화를 하려고 해도 안 되고, 그렇다고 외부에서 전화가 걸려오지도 않고……."

"아! 그 전화기 말씀이군요. 그 전화기는 서울시장님하고 통화하는 전용회선입니다."

"전용회선이요?"

"네, 청장님께서 시장님께 직접 통화하시거나 아니면 시장님이 직접 청장님께 전화하실 때, 다른 직원들을 거치지 않고 바로 연결될 수 있는 전화기죠."

이를테면 시장과 구청장 간의 핫라인이라는 것이었다. 언젠가는 사용할 필요가 있을 것 같아 사용방법까지 그 자리에서 확실히 익혀놓았다. 시장과 구청장 간에 핫라인을 설치해야 할 정도의 보안사항이란 어떤 것일까 궁금하기도 했지만, 공식적인 통로를 경유하지 않더라도 시장님과 구정 및 시정현안들을 기탄없이 토론할 수 있는 전용회선이 있다는 점에서 일견 흡족한 마음도 없지 않았다.

그러나 6개월이 다 되어도 그 전화기의 벨 소리는 단 한 번도 울리지 않고 있었다. 무소식이 희소식이라는 말처럼 전용회선을 사용하지 않더라도 업무협조라든가 의사소통이 잘 이루어지고 있다면야, 굳이 그 전화기의 벨 소리를 애타게 기다릴 필요가 있었을까?

시장과 구청장 간의 허울뿐인 핫라인

사실을 말하자면 취임 초기 강서구청과 서울시청의 관계는 그다지 원만한 편이 아니었다. 민선구청장 출범과 함께 이루어진 부구청장 인선문제에서부터 나는 절차상의 문제를 들고 나와 시장님의 심기를 불편하게 만들었을 뿐만 아니라, 서울시에서 일방적으로 내려오는 각종 지시사항들에 대해서도 사전협의를 지속적으로 요구해왔기에 시청에서는 상당히 거북한 상대로 생각해왔던 것 같다.

심지어 시장님의 구청순시 때는 의전상의 문제까지 제기되는 판이었다. 다른 구청에서는 구청장이 시종일관 기립하여 구정현황을 브리핑하는 곳도 있는데 강서구청에서는 시장의 대학 후배라는 구청장이 선배 시장 앞에 떡하니 버티고 앉아 있다는 등, 시건방진(?) 구청장이라는 식의 신문보도까지 나오고 있는 형편이었다.

워낙 비좁은 구청장실의 형편상 어쩔 수 없는 일이었음을 공식경로를 통해 설명하기는 참으로 난처한 입장이었다. 실제로 시장님이 그렇게까지 불쾌하게 생각하고 계시는지도 확인할 수 없었을 뿐더러, 행여 그렇다 하더라도 문서로 사과의 뜻을 표할 방법도 없는 터였다.

그러나 기왕에 표출되고 있는 문제라면 한시라도 빨리 오해의 소지가 있을 수도 있는 여러 가지 일들에 대하여 말씀드리고 이를 풀어버릴 필요가 있었다. 시장님과 직접 대화를 할 수 있다면 그간의 사소한 오해는 얼마든지 풀어버릴 수 있을 것이었다. 전용회선이라는 것이 이럴 때 쓰지 언제 또 쓰겠느냐는 생각에 일말의 안도감까지 느끼면서 소위 핫라인을 사용하게 되었던 것이다.

그러나 웬걸, 서너 번의 발신음이 들리고 나서 전화를 받은 사람은 시장님이 아니고 시장 비서실의 어떤 직원이었다. 그 동안 결코 울리지 않던 전화를 받은 그 직원도 당황했을 터이지만, 당황스럽기로는 시장님이 직접 전화를 받으실 것으로 생각하고 호흡을 가다듬고 있던 내가 한결 더했으면 더했지 결코 못 하지는 않았을 것이다.

결국 말이 좋아 전용회선이지 내 책상에 놓여 있던 그 하얀 전화기는 결코 시장과 구청장을 잇는 핫라인이 아니었던 것이다. 시장실로 연결되는 것이 아니라 시장의 비서실로 연결되는 회선에 굳이 전용이라는 말을 붙여놓는 심사가 무엇인지 어이도 없고 은근히 부아도 치밀어 그냥 전화를 끊어버렸다.

다른 구청장님들 중에 그 전용회선을 사용해보신 분이 계신지는 모르겠다. 혹여 시장님께서 소위 전용회선이라는 것을 이용해서 다른 구청장님과 통화를 하신 적이 있으신지도 물론 알지 못할 일이다. 다만 분명한 것은 적어도 강서구청에서는 지금까지 단 한 번도 그 전화기의 벨소리가 울려본 적이 없다는 것이다.

상의하달과 상명하복만을 유일한 행정의 원칙으로 삼아온 과거의 악습 속에서도 시장과 구청장 간의 전용회선을 설치하고자 노력했던 공무원이 있었다는 것은 어쨌거나 가상한 일이다. 하기야 그 동안 서울시와 산하 25개 구청 간의 관계가 오죽이나 일방적이었으면 시장과 구청장 간의 전용회선을 설치한다는 발상까지 나오게 되었을까?

생각해보면 서울시에서 가장 직접적으로 주민을 상대하는 행정의 최일선 기관이라 할 수 있는 구청은 그 동안 시의 일방적인 지시와 고압적인 감시감독의 대상이었을 뿐이다. 그리고 그러한 일방적인 관계는 명색이 지방자치라는 것을 실시하면서도 전혀 바뀌어지지 않았다. 소위 전용회선이라는 이름을 붙여놓았음에도 불구하고 그것을 시장실이 아닌 시장 비서실에 놓아두는 어이없는 발상이 이를 단적으로 증명해주고 있다.

일방통행에서 양방통행으로 가는 길

서울시는 서울시대로 효율적인 자치시정을 펼치기 위해서는 중앙정부의 지나친 지도, 감독이 배제되어야 한다고 주장한다. 게다가 효율적인 자치시정을 펼치기 위해서는 자치구에 분산되어 있는 권한을 축소하고 서울시가 전권을 행사해야 한다고 주장한다. 서울시의 자치구는 법적으로 완전한 기초자치구가 아니라 준자치구라는 묘한 논리를 펴는 이들도 있다. 심지어는 행정의 효율성을 위해서는 서울시의 구청장들을 임명제로 환원시켜야 한다고 주장하는 사람들도 있다. 기왕에 존재하는 시장과 구청장 간의 전용회선이라는 것조차도 파행적으로 운용하고 있는 사람들의 논리이다.

나는 중앙정부에 대하여 서울시가 내세우는 논리들을 기초자치구에 대해서도 마찬가지로 적용될 수 있기를 바란다. 권한이 없어서 일을 제대로 못 하겠다고 한다면, 똑같은 논리로 도대체가 권한이 없어서 제대로 일을 못 하고 있는 자치구청장들이 있는 것이다. 그나마 자치구의 권한까지 빼앗겠다는 주장을 펴는 것은 애초에 기초자치단체 차원의 자치행정을 인정하지 않겠다는 것에 다름 아닐 뿐이다.

전체 인구의 4분의 1이나 되는 1천백1만 인구를 가진 서울시와 30만 내지 50만 정도로 구성되는 서울시의 각 자치구를 비교해볼 때, 어느 단위가 보다 더 지방자치의 근본 취지에 부합되는 자치행정을 펼쳐나갈 수 있는지 곰곰이 생각해보기 바란다.

　물은 위로부터 아래로 흐르는 것이 순리이다. 그러나 무릇 민주주의 사회에서는 아래에서부터 위로 거슬러올라가는 민의의 자연스러운 흐름이 보장되어야 하는 것이 순리이다. 양방통행의 도로에서 중앙분리선을 넘는 것은 심각한 대형사고를 유발하거나 엄청난 교통체증을 야기할 뿐이다. 기왕의 전용회선마저도 일방통행으로 운용하는 서울시가 민의의 양방통행을 요구하는 서울시민들의 목소리에는 어떤 식으로 대처하고 있는지 궁금하기 짝이 없다.

　잘하는 것은 서울시민을 위한 서울시의 정책이요, 잘못된 것은 강서구민의 민원이니 강서구청이 알아서 해결하라는 식의 기관 간의 이기주의를 발휘한 적은 없었는지, 정책개발은 서울시청의 몫이요, 이의 집행은 구청의 몫이라는 잘못된 역할분담을 설정할 정도의 우월의식에 빠져 있지는 않았는지, 내가 하는 것은 효율적인 자치시정이요, 네가 하는 것은 선심행정으로 매도하는 이중가치를 적용한 적은 없었는지, 나는 묻고 싶다. 중앙정부의 권한이든, 기왕에 기초자치구로 위임된 권한이든 가능한 대로 한데

모아서 독점해야만 직성이 풀리겠다는 독선적인 사고 속에 과연 이러한 모습들이 내재되어 있지 않다고 장담할 수 있을지 말이다.

시장 비서실이라는 잘못된 자리에 놓여 있는 전용회선의 존재가 이런 의문에 대한 해답의 실마리가 될 수 있으리라는 생각을 해본다. 제대로 된 지방자치를 해보자는 점에서는 무척이나 유감스러운 일이지만 말이다. 전용회선이 놓여야 할 자리 하나를 제대로 마련하지 못하면서 남의 권한만을 탐하는 식이라면 차라리 지방자치의 정착에 걸림돌이 될 뿐이다. 소위 상부기관, 하부기관을 운운하는 것은 중앙집권시절의 행태에 다름 아닌 것이다. 자신들은 지방자치라는 명분을 내세워 중앙정부의 간섭과 지시에 불만을 표시하고 제도개선을 요구하면서, 어떻게 같은 잘못을 자치구에 되풀이하고 있는 것인지 알다가도 모를 일이다. 위로는 지방자치를 내세우고, 아래로는 행정의 효율성을 들먹이는 그런 이중적인 잣대를 가지고서는 빈축의 대상이 될 뿐이다.

지방자치제의 실시와 함께 행정의 환경이 바뀌고 있다면 하루라도 빨리 바뀐 환경에 적응해야 하는 것이다. 광역자치단체인 서울시가 기초자치구에 대하여 지시일변도의 고압적인 자세를 견지하기보다는 상호협의하는 변화된 모습을 기대한다. 전용회선이 놓여야 할 자리가 시장실에

마련되는 것에서부터 그 시작을 삼아도 좋을 일이라는 기
대도 함께 덧붙이면서 말이다.

신판 놀부뎐

제비 다리를 고쳐주고 박씨를 얻어 팔자를 고쳤다는 흥부 이야기는 언제나 흥미진진하다. 착하게 살면 복을 받는다는 이야기도 그렇지만 욕심부리다 망하는 못된 형 놀부에 대한 이야기가 있기에 더더욱 재미있는 것 같다. 남이 잘 되는 것보다는 못 되는 이야기가 더 재미있는 것을 보면, 말 그대로 놀부심보를 갖고 있는 것인지도 모르겠지만, 어쨌거나 놀부가 욕심부리다 쪽박 차는 장면이 훨씬 더 재미있는 것만은 사실이니, 놀부와 함께 도맷금으로 넘어간다 하더라도 변명의 여지는 없겠다.

흥부전이 권선징악과 인과응보의 교훈을 가르쳐주고 있다는 것에 대해서야 의견을 달리하는 사람들이 없겠지만, 요즘에는 이에 대해서도 새로운 해석이 붙는 듯하다. 특히 왜 흥부는 가난하고 놀부는 부자인가에 대한 새로운 해석들을 접하게 된다. 흥부는 땀흘려 일하는 기쁨보다는 공짜를 좋아하는 속성을 가졌기 때문에 가난해졌고, 놀부는 근면한 자세로 재산을 불려 나갔다든가. 또는 흥부가 산아제한에 실패하는 바람에 교육비가 많이 들어 가난해질 수밖에 없었다는 이야기도 있고, 당시의 가족제도상 놀부는 장자상속으로 부모의 모든 재산을 물려받으면서 동생 흥부에게는 논 한 마지기도 떼어 주지 않아서 그렇게 된 것이 아니겠느냐는 주장도 나오는 판이다. 어쨌거나 분가해서 사는 흥부네가 밥 한 끼도 제대로 이어가기 어려운 형편이라면, 먹고 살 만한 처지의 놀부가 도와 줄 수도 있지 않았느냐는 점에서 놀부가 심술보인 것만큼은 변함없는 사실이다.

명창 박동진 씨가 완창한 판소리 흥부가를 들어보면 놀부의 오장육부에 곁다리로 붙은 심술보를 묘사하는 대목이 있다. 애호박에 대침 놓고 볼일 보는 어린아이를 주저앉히고, 개천으로 장님 끌고 가기가 다반사라는 놀부의 심술을 일일이 열거하고 있는 이 대목은 우리네 판소리 여러 마당 가운데에서도 가장 해학적인 대목이 아닌가 싶다.

그중에서도 당장에 내 배가 고플지언정 남주기 싫어서 다 된 밥에 코를 풀어야만 직성이 풀린다는 대목에 이르면 심술도 경지에 도달해 있다는 느낌이 든다. 능력이 된다면 놀부를 대상으로 심술의 미학(?)을 한번 연구해보고 싶을 정도이다.

하기야 우리네 고전에 등장하는 여러 인물들 중에서도 놀부가 워낙 별종인 인간상이기에 특별한 관심의 대상이 되고 있는 것 같다. 그러나 어찌되었든 놀부는 이야기 속의 인물이다. 놀부 정도의 심술보를 갖고 있는 인물이 실제로 존재할 가능성은 거의 없을 것이다. 물론 그런 사람이 주변에 있다는 것은 생각하고 싶지도 않다. 놀부 같은 인간도 존재하기 어렵겠지만 내 자신이 흥부처럼 순하고 무기력한 사람이라는 판단도 안 들기 때문이다.

그럼에도 불구하고 때로는 놀부와 같은, 아니 그보다 한 술 더 뜨는 심술을 경험하기도 한다. 시절이 하수상해서 일까? 결코 꾸민 이야기가 아닌 있는 그대로의 이야기인데도 심술의 경지가 놀부를 상회하는 신판 놀부뎐이다.

주머닛돈 쌈짓돈 가르기

최근에 서울시의 모 구청은 그 동안 사용해왔던 구청건물과 부지를 돌려달라는 원소유주가 나타나 상당히 황당해 하고 있다고 한다. 하기야 원래 자기 땅이며 자기 건물도 아니었던 것을 무상으로 사용해왔다면 그것을 돌려달라는 주인의 권리주장은 너무도 당연한 일이라 할 수 있다. 그나마도 이제까지 무상으로 사용해왔던 기간의 사용료에 대해서는 불문에 부치겠다는 배려까지 해줄 정도의 소유주를 만난 것만이라도 다행이라고나 할까.

어쩌자고 행정의 최일선 기관이라는 구청에서 타인의 재산을 무단으로 점유하는 몰상식한 행동을 하였을까? 행정기관은 소위 무소불위의 권한을 행사할 수 있다고 착각해왔던 오만 때문인가, 아니면 누구 땅인지는 모르지만 빈 땅이니 먼저 차지하는 것이 임자라는 식의 무지의 소치인가?

단순한 의미에서 재산의 소유관계나 관리권한만을 놓고 본다면 당연히 이런 의문이 들지 않을 수가 없다. 그리고 이제 소유권자의 권리주장에 즉각적으로 응해야 하지 않을까 싶다. 그러나 그 속내를 살펴보면 단순한 의미의 재산권 관계만은 아닌 것 같아 황당하기보다는 오히려 안타까운 생각이 들게 된다.

이 구청의 청사 건물과 부지의 소유권을 주장하는 주체가 다름 아닌 서울시이기 때문이다. 서울시는 지방자치제가 실시된 이후 이 구청뿐만 아니라 서울시 25개 자치구청 모두에 대해서 그 동안 사용해오던 각종 청사 및 부지와 같은 공유재산에 대하여 재산권을 확실하게 행사하겠다는 단호한(?) 의지를 표출하고 있다.

우리 강서구만 하더라도 등촌1동 등 7~8개소의 동사무소 부지가 서울시 재산이니 구 예산으로 이를 매입하라는 요구를 받고 있는 실정이다. 어차피 기초단위까지도 지방자치를 실시하고 있는 실정이니 이제 더 이상은 형님 주머닛돈으로 동생 쌈지를 채워줄 수 없다고 생각한 모양이다.

지방자치제도의 원칙과 취지상 그 동안 방만하게 운용되어왔던 시 소유재산에 대한 관리를 철저히 해나가겠다는 발상 자체는 지극히 정당한 일이라 아니 할 수 없을 것이다. 적어도 표면적으로는 말이다.

그러나 내 개인적으로는 서울시의 이러한 입장을 보면서 욕심사납게 동생을 밀어붙이던 놀부를 연상할 수밖에 없다. 아니 어쩌면 놀부보다도 한술 더 뜨는 심술을 보는 것 같아 못내 개운치 못한 심정이다.

사실 지방자치제가 실시되기 전만 해도 구청 청사 건물이나 동사무소 건물과 같은 행정재산에 대한 소유등기는 그것이 서울시로 되어 있든 각 구청으로 되어 있든 굳이 이를 문제삼을 이유가 없었을 것이다.

서울시민의 입장에서는 납부한 세금이 주머니에 보관되어 있거나 쌈지에 넣어져 있거나 어차피 서울시민을 위해 사용될 재원이었을 테니 말이다. 더구나 지방자치 실시 이전에는 애초에 주머니와 쌈지를 가를 필요도 없었으니 시 재산이다 구 재산이다의 구분 자체가 무의미한 일이었던 것이다.

그런 상황에서 취득된 재산들이 이제 지방자치가 실시되고 25개 자치구가 각자의 쌈지를 만들어 분가하게 되면서 새삼 문제가 되고 있는 것이다. 기왕에 지방자치를 실시하는 마당이니 주머닛돈과 쌈짓돈을 정확하게 구분하는 것이 자치행정의 취지에 적합한 것이 아닌가 하는 그럴 듯한 명분을 내세우면서 말이다.   '

이중적인 잣대

그러나 표면적으로 내세우는 명분이야 어찌되었든 서울시의 이와 같은 입장은 발상 자체가 무모하기 짝이 없는 것이라 아니 할 수 없다. 우선은 문제가 되고 있는 그 재산들의 성격부터가 서울시가 소유권을 주장하기에는 터무니없는 것들이기 때문이다.

지방자치가 실시되기 이전에 취득된 이 재산들은 애초에 구청, 또는 동사무소와 같은 행정기구를 설치하기 위한 목적으로 취득된 재산들이다. 그리고 그 동안에도 계속해서 이러한 용도에 맞게 사용되어왔던 재산들인 것이다. 우리 나라의 지방재정법에서 분류하고 있는 바와 같이 보존재산이나 잡종재산이 아닌 순수한 목적의 행정재산이며, 더구나 기왕에 행정기구가 설치되어 활용되고 있던 공용재산인 것이다. 제대로 된 지방자치를 하겠다는 의지가 있었다면 이런 공용재산들은 지방자치가 실시되기 이전의 준비기간 동안에 그 소유권이 구청으로 이전되었어야 마땅했을 것이다. 지방자치가 실시되기 전 주머닛돈과 쌈짓돈을 굳이 가를 필요가 없었을 때 오로지 행정편의상 시로 등기되어 있었다 해서 그것이 시의 재산일 수는 없는 것이다.

지방자치의 실시와 함께 시 재산과 구 재산을 구분해야 한다면, 애초에 그 재산의 성격상 주머닛돈이어야 하는지 쌈짓돈이어야 하는지를 먼저 따져봤어야 한다는 것이다. 그런 점에서 구청 또는 동사무소와 같이 기초자치구의 자치행정을 위해서 필수불가결한 공용 행정재산들이 주머니로 들어갈 재산인지, 아니면 쌈지로 들어가야 할 재산인지는 굳이 거론조차 할 필요도 없이 너무나 분명한 것이다. 그럼에도 불구하고 서울시는 이러한 재산들에 대해서 새삼 소유권을 주장하고 있는 것이다. 차라리 그 동안의 무능과 나태에 대해서 우선 반성해야 하는 것임에도 불구하고 말이다.

1988년 지방자치법이 처음 제정되고 1995년 민선자치단체장을 선출하면서 본격적인 자치행정이 펼쳐지기 시작할 때까지 무려 8년이라는 결코 짧지 않은 준비기간이 있었다. 이 기간 동안 중앙정부는 중앙정부대로, 또 각각의 기초자치단체를 포괄하게 될 광역행정기관은 광역행정기관대로 지방자치제도가 건전하게 뿌리내릴 수 있는 기반을 조성하기 위한 노력을 선행시켰어야만 한다.

이러한 노력 가운데에 자치행정에 필요한 최소한의 기본장치라고 할 수 있는 구청, 동사무소와 같은 행정기관이 설치되어 있는 공용 행정재산에 대한 소유권 및 관리권의 주체를 명확히 하는 작업은 아마도 가장 기본적인 작업 중 하나였을 것이다. 다시 말해서 기초단위의 자치행정에 필요한 행정재산은 기초행정기관으로, 광역단위의 자치행정에 필요한 행정재산은 광역행정기관으로 소유 및 관리권을 분명하게 해주는 작업이 선행되었어야 한다는 것이다.

주어진 준비기간 동안 이런 기본적인 작업마저도 제대로 하지 않은 채 8년이라는 기간을 허비해놓고는 이제 와서 등기상의 소유권이 있음을 들어 반환을 요구하고 있으니 그저 어이가 없을 뿐이다. 혹시나 게으름과 나태로 인해서 제기되는 문제라기보다는 준비된 무모함이 아니었나 하는 의심마저 들 정도인 것이다.

더구나 어이가 없는 것은 서울시의 이중적인 잣대이다. 서울시는 중앙정부를 상대로 시도때도 없이 자치행정을 펼치기 위한 기반조성에 중앙정부가 지나치게 미온적이라는 불만을 표출하고 있다. 지방교부금 문제에서부터 시작해서 교통단속권에 이르기까지 서울시가 이양 또는 위임

을 요구하는 행정권한의 목록은 이루 헤아릴 수 없을 정
도이다.

그러나 기왕에 서울시가 행사하는 권한 가운데에서도
기초자치구로 넘겨주어야 할 행정권한이 적지 않다는 것
에 대해서는 아예 생각조차 하지 않고 있는 모양이다. 그
러기는커녕, 시세사무소 설치라든가, 구청의 주차단속 권
한 폐지라든가, 심지어는 20미터 이상 도로에 설치된 노
상주차장의 운영수입에 이르기까지 지금껏 구청에서 처리
하던 업무까지 빼앗아가지 않고는 배가 아파 견딜 수 없
다는 태도를 견지하고 있다. 분가한 동생네가 잘살거나
못살거나 아예 분가해서 사는 꼴 자체를 볼 수 없다는 것
인지도 모르겠다.

구청, 동사무소와 같은 기초자치구가 사용하고 있는 기
본적인 행정재산에 대해서까지 소유권을 주장하고 있는
것을 보면 내가 하면 자치행정이요, 네가 주장하는 것은
행정의 효율성을 저해하는 행위라는 이중잣대의 무모함이
어디까지 뻗쳐나가게 될지 어이가 없을 정도이다.

그 동안의 행정적인 오류를 시정하기 위한 노력을 펼치
기는커녕, 그 잘못을 기정사실화시키면서 자기 배만 불리
겠다고 나서는 서울시를 보면서 서울시가 과연 산하 25개
자치구의 자치기반 조성을 지원해주는 광역자치단체인지,
아니면 기초자치구의 존재 자체를 인정하지 못하겠다는

자치말살단체인지 알다가도 모를 일이다.

좌우간에 애당초 자치구로 소유권이 이전등기되어 있어야 마땅한 구청, 동사무소 건물까지 돌려달라는 서울시의 입장은 분가해나가는 동생을 위해서 자립기반을 만들어주지는 못할망정, 입고 있던 옷마저 홀랑 벗겨서 쫓아내겠다는 심보가 아닐 수 없다.

이런 서울시를 보면서 나는 흥부 이야기에 등장하는 우리의 영원한 악역, 놀부보다 한술 더 뜨는 심술을 보게 된다. 되도 않는 심술을 부리다 보면 망신살이 뻗치게 마련이다. 나는 서울시 관계자들에게 묻고 싶다. 기왕의 구청, 동사무소 건물들에 대한 소유권을 주장하는 것이 옳은 것인지. 과연 그 행정재산들을 그런 식으로 빼앗아가면 어디다 쓸려고 하는지. 기초자치행정의 중요성은 무시하면서 광역자치행정은 올바로 할 수 있는지.

어쨌거나 우리의 놀부도 제비 다리 분질러 얻은 박씨를 통해 패가망신하면서 그 못된 심성을 고쳤다고 한다. 그런 의미에서 보면 단지 재산만을 얻었던 동생 흥부보다 더 큰 선물을 받은 것인지도 모르겠다. 서울시는 제발 신판 놀부뎐의 주인공이 되는 큰 망신을 당하기 전에 그 동안의 잘못을 진지하게 반성하고 그 오류를 고치기 위해서 노력하는 자치행정을 펼쳐주기를 바라 마지않는다.

우리 구청장은 데모꾼?

지방자치시대가 개막되고 3개월 남짓 되던 10월의 어느 날 아침신문에는 경찰서 앞에서 단독연좌시위를 하고 있는 강서구청장의 사진이 게재되었다. 건국 이래 초유의 해프닝이라는 친절한 설명까지 곁들여져 있었다. 구청장이 시위까지 할 정도였던 문제의 본질과 내용은 생략된 가십성 기사였다.

한동안 세간에 오르내렸던 이 사건으로 인해 나는 졸지에 데모꾼 구청장으로 자리매김되고 말았다. 최근까지도 "요즘도 데모하십니까?" 하는 인사를 건네는 사람들이 있으니 그 기억이 오래도 간다는 생각이 든다.

생각해보면, 대학시절 총학생회장으로 학내 시위를 이끌던 경험이 전혀 없었던 것도 아니니 새삼 데모꾼이라는 말이 그리 어색한 것만은 아니다. 그러나 학교를 졸업하고 학문의 길로 장래의 진로를 정하면서부터 20여 년, 정치인으로 새로운 방향을 정한 지도 10년, 이제 50의 나이가 되어서도 여전히 데모꾼이라는 말을 들을 때가 있으니 스스로 참 우습기도 하다.

그러나 어디 경찰서 앞에서의 시위만이었을까? 생각해 보면 정당한 주민의 목소리가 수렴되지 않기에 발생할 수밖에 없었던 시위현장에는 거의 빠지지 않고 참여했던 것 같다.

연인원 2만여 명이 참여하여 서명도 받고, 연좌농성과 가두시위를 벌여왔던 우장산 체육센터 건립 반대운동, 겸재 정선 선생의 유적이 고스란히 살아 있고 서울시 유일의 향교가 있는 궁산문화유적지 보호를 위한 주민운동, 충분한 환경영향평가도 생략된 채 마구잡이식으로 건설되던 가양하수종합처리장 설치 반대운동, 공항 소음대책 마련을 위한 주민운동 등등이 얼른 손에 꼽아볼 수 있는 기억들이다.

지금도 강서구의 구청장실에는 궁산문화유적지 보호를 위해 주민들과 함께 일어섰던 가두시위 사진이 한자리를 차지하고 있다. 어쩌면 이런 소중한 기억을 함께 공유할 수 있었기에 지역 주민들의 기대와 신뢰를 받아 구청장에 당선될 수 있었는지도 모르고, 또 한편으로는 제대로 된

절차를 밟아 정당한 의견을 주장해도 그대로 묵살되고 말던 현실이 안타까워 구청장에 출마하기로 마음먹었는지도 모른다.

그랬기에 구청장이 되어서도 집단민원의 현장만은 빠지지 않고 찾아다니고 있다. 물론 데모하는 구청장, 시위에 앞장서는 구청장이라는 이미지는 확실히 과거의 관선시대와는 어울리지 않는 모습일 것이다.

이따금씩 구청장의 위상을 생각해서라도 가능하면 시위 현장에 나타나지 않는 것이 좋겠다는 충고를 받기도 한다. 그러나 주장하는 바의 내용이 배타적 이기주의가 아닌 다음에야 지역의 현안사항에 대해서 주민들의 결집된 의사가 표출되고 있는 그 현장을 무시한다는 것은 대화하는 구청장, 언제나 주민의 편에 서 있는 구청장이 되고자 하는 나의 바람과는 거리가 있는 것이다.

권한 없는 구청장이 할 일은 데모밖에 없다

과거의 경험에 비추어볼 때, 개별적인 민원이 집단민원이 되고 급기야 시위와 농성이라는 극단적인 의사표출의 수단이 동원되기까지에는 행정에 대한 불신감이 작용하고 있었음을 알 수 있다.

예컨대 우장산에 구민체육센터를 건립하겠다는 구청의 결정은 이미 계획수립 단계부터 그 지역의 주민 대부분이 반대하던 것이었다. 소중한 녹지공간을 보호한다는 명분도 있었고, 이미 가까운 거리에 88체육관이 있어 중복투자라는 실리적 이유도 있었건만, 당시 구청에서는 오로지 우장산에 시유지가 있기 때문에 건립비용이 적게 든다는 이유 하나만으로 공사를 강행하려 했던 것이다.

법적 요건인 지역여론조사도 대상을 선별하여 조사내용을 왜곡시키는가 하면, 공청회는 사업설명회로 성격을 변질시키고, 개별 또는 집단적 민원접수에 대해서는 납득할 만한 아무 설명도 없이 이유 없음의 회신만을 보내올 뿐이었다.

급기야 2만여 명의 서명을 받아 국민고충처리위원회로 공사중지의 청원을 보내도 행정의 일관성을 훼손할 수는 없다는 소신 아닌 고집을 부리기가 일쑤였던 것이다. 주민 대부분이 반대하는데도 공사를 강행하겠다는 것은 주민을 위한 시설건립이 아니라 시설건립을 위한 주민무시에 다름 아닐 뿐이다. 이런 행정의 무책임함과 독선이 급기야 주민들의 시위와 농성을 야기시키는 것이다.

또 다른 예를 들어보자.

지하철 5호선의 발산역에 새로운 출입구를 만들어달라는 집단민원이 급기야 시위로 폭발하는 과정에서도 행정의 무책임함과 독선은 여지없이 발견되고 있다.

애당초 주민들이 모여 살고 있는 아파트 단지 앞으로는

출입구를 내지 않고 허허벌판인 마곡지구 쪽으로만 출입구를 낸 것 자체가 잘못된 것이었다. 지하철을 타기 위해서 서울시에서는 가장 도로폭이 넓다는 공항로를 매번 건너다녀야 하는 주민들의 불편함과 위험에 대해서는 아예 고려조차 하지 않은 공사였던 것이다.

처음부터 설계를 제대로 하든가, 아니면 잘못을 인정하고 조속히 재공사라도 했으면 주민의 의견을 수렴하는 합리적인 행정의 모습을 보일 수도 있었건만 공사비를 추가로 지출할 수 없다는 이유만으로 버티는 것이 바로 건설을 담당한 서울시와 도시철도공사가 보여준 작태였다.

구청도 행정기관이라고 권한도 없는 구청을 찾아와 민원을 제기하던 주민들을 볼 때마다 답답하기는 피차 마찬가지였다. 구청에서는 도저히 어떻게 해볼 도리가 없으니 서울시에 가서 함께 데모라도 하자고 말하면서도 번번이 느끼던 그 부끄러움의 10분의 1이라도 권한을 갖고 있는 담당기관이 느낄 수 있었다면, 도로를 막고 플래카드를 태우는 시위로까지는 번지지 않았을 것이다.

결국 집단시위와 농성이 있고서야 비로소 새로운 공사에 착수할 수 있었으니, 비용은 비용대로 들고 욕은 욕대로 먹는 경우가 된 것이다.

현실이 이러다 보니 정당한 절차를 거친 개별적인 목소리로는 아예 씨알머리도 안 먹힌다는 선입견이 주민들 사이에 팽배해지고 있다. 그야말로 목소리 크고 머릿수만 많으면 안 되는 일도 되고, 얌전히 의견을 제시해서는 될 일도 안 된다는 잘못된 인식이 자리잡고 있는 것이다.

민원접수만으로도 충분히 처리될 수 있는 일인데 우선은 목소리부터 높이고 시작하기가 일쑤이며, 남의 땅을 무단으로 점유하고 불법적인 야시장을 벌이고 있으면서도 이를 철거할라치면 시위며 농성부터 시작하는 얌체족들이 나타난다.

때로는 뻔히 구청의 소관업무가 아닌 줄 알면서도 구청장실 복도를 점거하고 "구청장 나오라."고 구호를 외치는 사람도 있는가 하면, 주민의 표로 당선된 민선자치단체장이니 표 많은 쪽의 의견을 우선적으로 들어야 하는 것이 아니냐는 허무맹랑한 민주주의론을 펼치는 사람도 있다.

그러나 아무리 주장하는 목소리가 크다 해도 불법을 용인할 수는 없으며, 아무리 요구하는 사람들의 수가 많다고 해도 표를 의식해서 편을 들어줄 수는 없는 일이다.

데모꾼 구청장의 심정
그러나 나름대로의 이런 기준을 정하는 것도 권한이 있어야만 가능한 일이다. 사실 집단민원으로까지 발전하는 경우는 구청에 권한이 없기 때문인 경우가 대부분이다. 주민들의 입장에서는 구청도 행정기관이니 권한이 있고 없고를 떠나서 책임을 묻게 되는 것이 당연한 일이다.

과거 구청이 단순한 행정의 집행기관일 때는 구청장에게 반드시 권한이 주어지지 않아도 상관없는 일이었다. 어차피 책임이야 권한부서로 넘겨버리면 그만이었기 때문이다. 그러나 자치시대가 되면서부터는 권한이 없다고 책임을 회피할 수도 없게 되었다. 어차피 민선단체장으로서 지역의 현안에 대해서는 언제 어떤 경우에도 포괄적인 책임을 벗을 수가 없는 일이기 때문이다.

이런 측면에서 보면 서울시의 구청장들은 너나 할 것 없이 시위구청장, 데모꾼 구청장이 되어야 한다. 지역의 현안문제에 접해서 정작 해결방법을 모색해야 할 권한을 갖고 있는 부서는 나 몰라라 하고 뒷짐이나 지고 있을 뿐이니, 그 앞에서 시위라도 하지 않고서야 어떻게 그 답답함을 풀 수 있겠는가 말이다.

앞에서 이야기한 경찰서 앞에서의 시위도 바로 이런 답답함에서 비롯된 것이었다. 일의 시작은 궁산문화유적지를 보호해야 한다는 주민들의 주장과 사유재산의 권리를 보장받겠다는 버스회사 사이의 갈등에서부터 시작된 일이었다.

서울시 유일의 향교가 자리잡고 있고, 겸재 정선 선생의 문화적 향취가 남아 있는 궁산을 문화유적지로 보호해야 한다는 주민들의 의견에는 잘못된 것이 없었다. 마찬가지로 도시계획상 차고지 부지로 되어 있는 땅을 매입해서 차고지를 건설하겠다는 버스회사의 권리주장도 그 자체로는 문제삼을 수 있는 일이 아니었다.

문제는 문화유적지 바로 옆에, 그것도 서울의 관문인 김포공항에서 서울시내로 진입하는 88도로의 초입에 버스차고지를 건설하도록 도시계획을 입안한 담당자의 단견이었다. 더구나 바로 옆에 대규모의 아파트 단지가 들어서 있음에도 불구하고 그 자리에 차고지 부지를 계획한 것은 주민들의 생활권은 아예 염두에도 두지 않은 탁상행정의 전형이었던 것이다..

법적으로는 차고지 건설의 허가를 내주지 않을 권한 자체가 구청장에게는 아예 없는 터에, 도시계획상 부지의 용도를 변경시키는 것말고는 주민들의 의견을 달리 수렴할 방법이 없다는 것이 바로 문제의 핵심이었다. 도시계획을 변경할 수 있는 권한 역시도 구청장에게는 없었으니 말이다.

정작 책임을 져야 할 서울시의 담당부서는 규정집에서나 의미 있을 시설기준만을 이유로 도시계획변경이 불가능하다는 회신만 하고 있을 뿐이었다. 백번을 양보해서 설사 도시계획상 충분한 근거가 있다 하더라도, 주민 전체가 2년여 동안 지속적으로 반대의사를 표출하고, 극단적으로 점거농성까지 벌이고 있는 마당에 도시계획 입안자의 입장에서는 어쨌거나 도시계획의 타당성에 대한 재검토 정도는 해야 하는 것이 도리였다.

그러나 농성의 와중에서 급기야 몸싸움이 벌어지고 유적지 보호라는 선량한 의도에서 운동에 참여한 주민들이 경찰서로 끌려가고 졸지에 벌금형을 받고 있는 상황이 발생해도 정작 책임지고 문제의 해결방안을 모색해야 할 서울시의 담당자는 단 한 번도 현장을 방문한 적이 없었다.

권한만 행사하고 책임은 '아예 질 생각도 하지 않는 서울시를 상대하기보다는 차라리 당사자들을 중재하는 것이 빠를 일이었다. 또 그것말고는 달리 문제를 해결할 방법도 없는 터였다. 간신히 중재안이 마련되는 시점에서 이번에는 경찰이 불법시위라는 이유로 주민들을 모두 연행해가고 말았으니 나로서는 도리가 없는 일이었다. 주민들이 모두 풀려날 때까지 경찰서 앞에서 단독시위라도 하는 것말고는.

구청은 행정집행기관이고 시청은 소위 정책입안기관이라고 생각하는 독선과 편견이 사라지지 않고서는 구청장은 언제나 지역의 시위에 앞장설 수밖에 없다. 민선구청장은 지역의 민원에 책임만 지는 방패막이요 일회용 총알받이는 결코 아니다. 책임을 져야 한다면 권한도 아울러 행사할 수 있어야 한다.

중앙정부가 되었든 광역자치단체가 되었든 어차피 해당

지역의 사업, 해당지역의 현안문제에 대해서는 그 지역의 자치단체가 책임과 권한을 공유할 수 있어야만 한다. 그것이 지방자치의 참된 의미이다.

궁산문화유적지 보호 시위와 관련하여 두 번씩이나 벌금형을 선고받았던 지역부녀회의 어느 아주머니가 안타까워하는 나를 오히려 위로하며 "이 정도도 각오하지 않았다면 애초에 그런 일에 뛰어들지도 않았을 거예요." 하던 말을 언제나 가슴속 깊이 담아두고 있다.

지방자치제가 성공할 수 있는지 없는지를 판가름해줄 수 있는 초대 민선구청장의 임기중에, 나는 진정한 지방자치, 주민자치의 토양을 마련하기 위하여 내 가진 모든 것을 불사를 것이다. 이것이 바로 별스런 사람으로 자리매김되고 있는 데모꾼 구청장의 심정이다.

한 차원 높은 지방자치를 위해

　서울시의 정무부시장이라는 분이 구청장들을 임명제로 환원시켜야 한다는 주장을 펴다 곤욕을 치른 적이 있었다. 개인적인 입장에서야 못 할 말이 없을 터이지만 민선 시장이 임명한 정무부시장이라는 분이 공식석상에서 할 소리는 분명 아니었다. 구청장 임명제를 주장하는 것은 서울시에서 기초자치단체를 없애자는 이야기에 다름 아니기 때문이다.

　물론 그분은 말의 책임을 지고 정무부시장 자리에서 물러나셨다. 그런가 하면 서울시 출신의 국회의원들 중에서도 구청장 임명제를 주장하는 분들이 적지 않으신 모양이다.

　내세우는 명분은 행정의 효율성을 위해서라는데 도대체

가 알다가도 모를 일이다. 아니할 말로 과거 임명제 구청장 시절에는 서울시 행정이 지극히 효율적이었다는 것인지, 그야말로 서울시의 행정이 비효율적인 원인이 오로지 민선구청장들에게 있다는 것인지, 그 속내를 짐작하기가 쉽지 않은 것이다. 이래저래 안 되는 일의 모든 덤터기를 민선구청장들에게 떠넘기기만 하면 된다는 것인지.

지방자치는 풀뿌리 민주주의의 훈련장이다

사실 이런 말들을 들을 때면 민선구청장의 한 사람으로서 불쾌한 느낌이 없지 않다. 졸지에 행정비효율의 원인 제공자가 되어버리는 꼴이니 기분이 좋을 까닭이 없다. 특히 다른 광역시나 광역자치단체에서는 이런 주제가 거의 거론조차 되지 않는 상황에서 유독 서울시에서만 구청장 임명제 주장이 기승을 부리고 있으니 더더욱 불쾌한 느낌이다.

특히 이해할 수 없었던 것은 이런 주장에 민선시장이라는 분까지도 동조하시던 모습이었다. 건전한 지방자치의 육성과 조기정착을 위해서 그 누구보다도 애쓰셔야 할 분이 지방자치의 의미를 훼손시키는 이런 유의 논의를 사전에 방지하지는 못할망정, 오히려 앞장서기까지 하시던 모습을 보면서 일말의 배신감마저 느꼈다면 내가 너무 지나친 것일까?

생각해보면 서울이라는 도시는 상주인구만도 1,100만을 넘어서는, 세계적으로도 손꼽히는 거대 도시이다. 더구나 시의 공무원 수만도 6만 4천을 헤아릴 정도의 비대한 행정기구를 갖고 있다. 솔직히 나는 이런 규모의 행정단위를 민선시장 혼자서 꾸려나가는 것이 제대로 된 지방자치인지부터가 의심스럽다. 백번을 양보해서 생각해도 지방자치의 본질은 주민참여를 전제로 하는 주민자치, 그 이상도 이하도 아니다.

사실 애당초 지방자치제라고 하는 것의 출발은 대의제적 민주주의의 한계를 극복하고, 민주주의의 본래 모습인 직접민주주의의 장점들을 접목시키기 위한 당위적 필요에서부터 구상되었다고 해도 과언이 아니다. 지방자치를 가리켜 풀뿌리 민주주의의 훈련장이라고 하는 것도 이런 차원에서 그 의미를 찾아야 하는 것이다.

그럼에도 불구하고 민선시장의 행정의지가 기초자치단위까지 제대로 전달되지 않는다는 이유로 행정의 비효율성 문제를 제기하거나, 민선구청장들 때문에 소신껏 행정을 펼칠 수가 없다고 주장하는 것은 그야말로 본말의 전도라는 생각이 든다. 지방자치시대에는 자치시장이 필요한 것이지, 행정시장을 요구하는 것은 아니기 때문이다.

생각해보면 민선구청장들을 지시일변도로 통제, 또는 관리하겠다고 생각하는 발상부터가 잘못된 것이다. 광역자

치단체와 기초자치단체 간의 관계는 일방적인 지시와 복
종의 관계일 수는 없다. 아니 그렇게 되어서는 안 된다.
지역의 특성을 살리는 지방자치의 근본 정신을 훼손하는
것이기 때문이다. 오히려 상호간의 긴밀한 협의에 바탕을
둔 협조관계가 형성되어야 한다.

  그런 점에서 앞에서도 누차 강조한 바 있지만, 도대체
서울시는 그 동안 얼마나 기초자치구들과 업무협의며 협
조관계를 유지하려고 했는지 되물어보고 싶다. 물론 행정
의 효율성을 일사불란함에서만 찾으려고 하는 사람들에게
이런 식의 문제의식을 요구한다는 것 자체가 무리인지는
모르겠다. 그러나 행정의 일사불란함만을 강조하는 경직
성이 오히려 비효율을 자초하고 있다는 것을 서울시 관계
자들은 분명 인식하고 있어야 할 것이다.

  이런 점에서 볼 때, 민선구청장들 때문에 소신행정을 펴
지 못하겠다고 주장하시던 전임 민선시장님에 대해서는
나름대로의 충정어린 안타까움을 느끼고 있다. 사실 민선
시장님께서는 직업공무원들의 이런 경직된 사고방식을 깨
뜨리는 역할을 하셨어야만 했다. 또 누구보다도 앞장서서
민선구청장들과 협의하고 협조하는 정치역량을 발휘하셨
어야만 했다.

  기껏 열 손가락으로도 채 꼽지 못할 정무직 공무원들만
으로 서울시라는 거대 행정기구를 완벽하게 자치기구로

탈바꿈시키는 것은 민선시장의 역량이나 상징성이 아무리 뛰어난 것이라 할지라도 애당초 무리였을지도 모를 일이다. 이런 점에서 민선시장과 함께 서울시를 명실상부한 지방자치기구로 변모시키는 일에 앞장설 수 있었던, 또 앞장설 의지가 있었던 사람들은 바로 민선구청장들이었던 것이다. 민선시장의 정책들을 입안하고 이를 추진하는 것은 서울시 관계자들의 소관사항일지 몰라도 서울시민들의 목소리를 수렴해서 전달하는 역할의 일차적인 통로는 민선구청장들인 것이다.

그렇다면 행정시장이 아닌 자치시장으로서, 또 공무원들의 시장이 아닌 시민들의 시장으로서 시정의 대강의 방향을 정하고 정책의 목표를 수립하는 일에 정작 민선시장이 함께 협의하고 더불어 토론해야 할 상대는 서울시 관계자들이 아니라 민선구청장들이었다고 나는 생각하고 있다. 그런 기회를 거의 가져보지 못한 입장이었으니 안타깝기도 하고, 또 이제 그런 기회를 다시 가져볼 수도 없게 되었으니 아쉽기도 하다.

지방자치의 참된 의미

지방자치시대의 민선시장은 그 무엇보다도 시민들과 함께 호흡하는 시장이 되어야 한다. 그런 점에서 특히나 문제인 것은 서울시라는 행정기관 자체가 주민을 직접 상대하는 기구가 아니라는 점이다. 애당초 1,100만이라는 상주인구며, 유동인구까지 포함하면 우리 나라 인구의 거의 절반을 직접 상대한다는 것 자체가 불가능한 일이다.

반면에 기초자치구청은 일정 수준의 한계는 있을지 몰라도 서울시에 비해서는 그나마 주민들이 손쉽게 찾을 수 있고, 또 나름대로의 소속감이며 동질감을 느끼게 할 수 있는 행정단위이다.

이런 의미에서 지방자치를 제대로 하자면 서울시의 권한사항들도 주민들을 직접 상대할 수 있는 구청으로 이전하거나 위임시켜나가는 작업이 지속적으로 이루어져야 한다. 그럼에도 불구하고 지금까지 구청이 행사해온 권한사항들마저 빼앗아가려는 발상, 심지어는 기초자치구 자체를 폐지해야 한다는 식의 주장만을 되풀이하고 있으니 나가도 너무 나가는 것이 아닌가 싶어 어이가 없을 뿐이다. 지방자치의 본질이라고 하는 주민참여, 주민자치를 부정하겠다는 이야기에 다름 아니기 때문이다.

그래서 나는 상당히 궁금하다. 중앙정부가 똑같은 논리로 서울시의 자치권을 회수해가겠다고 하면 도대체 어떤 논리로 이를 반박하려 할지 말이다. 기초자치구에 대해서는 주민자치 자체를 부정하겠다는 태도를 보이면서 중앙정부를 상대로 지방자치를 해야 한다고 주장할 수 있을지 예의 주시해볼 일이다.

이런 와중에서 일방적인 자치구 폐지나 구청장 임명제 주장과는 다른 차원에서 지방자치제의 근본적인 제도적 개선을 요구하는 주장도 제기되고 있다. 이른바 행정단계 축소론이 그것이다. 예컨대 현행의 행정단계가 읍, 면, 동을 1단계로 기초자치단체를 2단계로, 광역자치단체를 3단계로 하는 3단계 행정단위로 이루어져 있는 것을 중간단계를 없애고 2단계 행정단위로 축소하자는 주장이다.

행정단계를 거칠 때마다 행정누수현상이 일어나는 측면이 있기에 이런 주장에 내포되어 있는 나름대로의 명분이며 실리를 주목해보지 않을 수 없다. 다만 그 주장의 끝이 항상 기초자치단체의 폐지라든가, 기초자치단체장 임명제로 결론맺는 것이 아쉬울 따름이다. 문제는 행정의 효율성 제고를 목표로 삼더라도 민주주의의 요람인 지방자치의 근본 취지는 살려나가야 한다는 점이다.

이런 점에서 서울시의 경우는 일률적으로 기초자치단체를 폐지하는 식의 행정단계 축소방식을 적용하는 것은 무리가 있다. 앞에서도 이야기한 바와 마찬가지로 1,100만이라는 상주인구는 단일체제의 지방자치를 적용하기에는 지나치게 거대한 규모이기 때문이다.

한마디로 이런 상황에서는 주민참여의 자치, 말 그대로의 주민자치라는 것이 이루어질 수 없는 것이다. 그럴 바에는 서울시를 분할하는 것이 차라리 합리적인 방법일지도 모르겠다. 서울을 중앙도심지역과, 강동·강서·강남·강북의 5개 권역 정도로 나누어 중간 규모의 광역자치단체들로 분할하면서 자치구를 폐지한다면 규모의 문제도 어느 정도 해결할 수 있을 것이고, 행정단계의 축소를 통한 효율성 제고에도 어느 정도 도움이 되지 않을까 하는 생각을 해보는 것이다.

도시개발이나 관리에 따르는 문제들은 광역자치단체장들로 수도개발협의회나 수도관리협의회를 구성하여 해결해나갈 수 있을 것이다. 어차피 지금도 수도권 인근의 자치단체들간에 협의회가 구성되어 있을 뿐 아니라 자치단체간 조정업무를 담당하는 조정위원회며 행정협의회 등의 구성이 법적으로도 보장되어 있는 상황이니 참고해볼 만한 일이다.

이런 사전조치가 이루어진다면 서울시의 경우에는 특별히 동사무소의 통폐합 작업도 아울러 추진할 필요가 있겠다. 예컨대 2 내지 3개 동의 동사무소를 하나로 묶어 거대동사무소의 개념으로 운영하고, 기왕의 동사무소 건물이나 부지는 문화센터나 정보센터로 활용하는 것이다. 즉, 3개 동 단위로 행정센터, 정보센터, 문화센터를 운영하게 되면 주민복지의 향상을 꾀할 수도 있고, 동시에 행정비용의 절감이라든가 인력의 효율적 재배치, 또는 행정재산의 효율적 운용이라는 목표를 달성할 수 있다.

서울은 동과 동 사이의 거리가 그리 멀지 않은 관계로 접근이 용이하기에 민원상의 불편사항도 크게 발생하지 않을 뿐만 아니라 각종 증명서의 발급과 같은 민원사항도 각각의 센터에 발급창구를 별도로 마련한다면 주민들의 불편도 최소화할 수 있으리라고 생각한다.

주민들을 주인으로 모시는 마음가짐

사실 서울시 분할론을 주장하는 것에는 또 다른 이유도 있다. 서울시의 자치행정이 정치논리에 의해서 훼손될 수 있는 것을 방지하는 예방책이 될 수도 있다는 것이다. 예컨대 서울시의 초대 민선시장께서 임기 중간에 사임하시면서, 서울이라는 거대도시의 민선시장이라는 자리가 정치적 입지를 강화하기 위한 수단의 자리일 수 있는가에 대한 논의가 격렬하게 제기되었다.

그러나 내 개인적으로는 이런 논의 자체가 무의미한 것이라고 생각한다. 아니할 말로 우리 나라 인구의 거의 절반에 가까운 사람들이 한데 어울려 살아가는 서울이라는 거대도시의 민선시장이 그 자리를 정치적 입지를 강화하기 위한 수단으로 활용하려 하든가, 그야말로 순수한 의미의 자치행정을 목표로 하든가, 그것은 전적으로 개인적 판단의 문제이기 때문이다.

다만 지방자치의 참된 의미를 살리기 위해서는 제도적

장치를 강구할 필요는 충분히 있다고 본다. 정치논리에 의해서 임기중에 사임하신 초대 민선시장뿐 아니라, 차기 민선시장도 현재의 제도에서는 어쩔 수 없이 정치논리에 휘말릴 수밖에 없다.

더구나 다음 민선시장의 임기는 묘하게도 대통령 선거와 맞물려 있다. 임기 만료 6개월 후에 바로 대통령 선거가 있는 것이다. 지방자치보다는 정치적으로 남다른 꿈이 있는 분들에게는 한번 노려볼 만한 자리가 아닐 수 없다. 그야말로 우리 나라 인구의 절반 이상이 함께 호흡하며 삶을 꾸려나가는 서울이라는 거대도시의 자치단체장 자리이기 때문이다.

그런 점에서 서울시 분할론은 정치논리보다는 지방자치의 논리에 충실한 자치단체장을 탄생시킬 수 있는 제도적 개선책이 될 수도 있는 것이다.

민선구청장의 한 사람으로서, 또 지방자치의 건전한 기반을 하루라도 빨리 조성해야만 이 나라의 민주주의가 제대로의 궤도에 오를 수 있다고 믿는 대한민국 국민의 한 사람으로서, 나는 지방자치의 근본적인 취지를 훼손하는 기초자치단체의 폐지라든가, 구청장 임명제의 환원과 같은 독선적 사고에 반대한다. 민주주의의 요람을 깨뜨려 무엇을 얻으려고 하는 것인지 한번 끝까지 따져볼 생각이다.

권한을 나누는 것이 억울하다고 생각하면 그 생각부터 바꿔야 한다. 지방자치시대의 모든 권한은 자리에 있는 것이 아니라, 스스로의 권리를 인식하고 깨어 있는 주민들에게 있는 것이다.

행정의 일사불란함을 얻을 수 있다고 생각한다면 그것도 엄청난 오산이다. 행정의 일사불란함이 곧 행정의 효율성은 아니다. 오히려 경직된 사고가 비효율성을 초래할 뿐이다.

행정의 효율성을 고민하는 것도, 행정단계를 축소하고자 하는 움직임도 결국은 주민들을 위한 보다 양질의 행정서비스를 제공하자는 것이다. 그러나 민주주의를 하는 나라에서 주민들을 위해서라는 것만으로는 부족하다. 그 무엇보다도 주인 되는 주민들의 손으로 그것이 직접 이루어져야 하는 것이다. 무엇보다도 중요한 것은 주민들을 주인으로 모시는 마음가짐이다.

청장님, 요즘도 데모하십니까

첫판 1쇄 펴낸날 · 1997년 11월 10일

지은이 · 유영
펴낸이 · 김혜경
편집주간 · 김학원
기획실 · 김수진 조영희
편집부 · 한예원 김선경 임미영
디자인 · 김진 강민구
영업부 · 이동혼 엄현진 김영회
관리부 · 권혁관 임옥희 우지숙

펴낸곳 · 도서출판 푸른숲
출판등록 · 1988년 9월 24일 제 11-27호
주소 · 서울시 서대문구 충정로 3가 270번지
          푸른숲 빌딩 4층, 우편번호 120-013
전화 · (기획실) 362-4457~8 (편집부) 364-8666
          (영업부) 364-7871~3
팩시밀리 · 364-7874

ⓒ 유영, 1997

값 6,000원
ISBN 89-7184-163-× 03810